미세먼지 클리어

S

004

미세먼지 클리어

불안을 실천으로 이끄는 기후 정의 행동

강양구 · 김상철 · 배보람 · 이낙준 · 이유진 지음

arte

바로 보는 용기

신지예
(녹색당 공동운영위원장)

어떤 문제의 본질을 직시하기란 참 어려운 일이다. 스스로 진실을 바로 보지 못하고 있다는 걸 알아차리기도 쉽지 않고, 지금까지 잘못 보았다는 걸 인정하는 건 더 어렵다. 대부분 문제는 그래서 더 악화한다.

2016년 2월 나를 비롯한 녹색당원들은 '미세먼지 원정대'를 꾸렸다. 미세먼지의 실태를 파악하고 시민들에게 그 심각성을 알리기 위해 모인 '미세먼지 원정대'. 우리는 미세먼지 측정기를 들고 여러 지역의 측정소에 직접 출동했다. 미세먼지가 제대로 측정되고 있는지 확인하기 위해서였다. 당시 미세먼지 측정소의 절반이 지상으로부터 10미터 이상의 높이에 설치되어 있었다. 종로 4가의 한 측정소는 주민센터 5층 옥상에 설치되어 있었다. 공공 정원 한가운데 설치된 측정소도 있었다. 시민들이 일상적으로 들이마시는 공기가 아니라 다른 높이에 있는 공기의 미세먼지 농도를 측정하고 있었다.

길거리 구석구석을 다니며 시민들의 생각을 묻기도 했다. 종묘광장공원에서 시간을 보내는 어르신들, 마스크를 쓰고 하교하는 청소년과 그 부모님 들. 다들 매캐한 먼지에 답답함을 호소했다. "눈도 아프고 목도 아프고, 근데 할 수 있는 게 마스크 쓰는 것밖에 없어요."

'아니, 할 수 있는 게 있어요.' 미세먼지 원정대는 정당 연설회를 열거나 SNS 카드 뉴스를 만들어서 미세먼지 문제야말로 정치의 문제라고 호소했다.

"미세먼지 문제는 우리에게 다른 미래를 만들 역량이 있는지를 확인하고 제대로 된 사회·정치적 제도가 만들어져 있는지 두 눈으로 확인해볼 수 있는 리트머스와 같습니다."

3년이 지난 지금, 미세먼지 리트머스는 이렇게 말하는 것 같다. 아직 우리 사회에는 제대로 된 사회·정치적 제도가 만들어져 있지 않다고.

내 집에는 세 대의 공기청정기가 있다. 두 명의 동생과 함께 사는데 각자 한 대씩의 공기청정기를 방에 두고 산다. 현관문 옆에는 마스크가 항상 놓여 있다. 아침에 미세먼지 농도를 확인하고 공기질이 좋지 않으면 서로에게 마스크 챙기라고 말하는 것이 평범한 아침 인사가 되어버렸다. 마스크 생활은 영 적응되지 않는다. 입가는 더운 공기로 축축해지고 안경에는 연신 입김이 서린다. 눈은 또 무방비 상태라 모래 알갱이가 들어간 것처럼 껄끔거린다. 코에서는 매캐한 향이 떠나

바로 보는 용기

지 않고 목에서는 가래가 끓는다. 지하철이나 백화점 같은 곳은 더하다. 온종일 뿌연 먼지 속을 돌아다니다 집으로 돌아오면 숨통이 트이는 기분이다. 입었던 옷을 모조리 세탁기에 넣고 목욕 재개를 마친 후 방에 들어간다. 공기청정기의 팬은 팽팽 잘도 돌아간다. 바깥 공기는 탁하지만 내 방의 미세먼지 농도는 '좋음' 수치다. 내가 할 수 있는 건 공기청정기 돌리는 일밖에 없는 것처럼 느껴진다.

우리는 안다. 공기청정기는 곰팡이 핀 벽지 위에 한지 하나 덧바르듯 눈 가리고 아웅 하는 기계라는 걸. 집 밖의 공기가 깨끗하지 않는 한 내 방이 언제나 청정 구역일 수는 없다.

그러나 누군가에게는 공기청정기가 해답이었나 보다. 지난 대선에서 한 후보는 미세먼지 문제의 대책으로 대형 공기청정기를 제안했다. 중국 베이징에 있는 '스모그 프리 타워'를 도입해 미세먼지를 60퍼센트 수준으로 감축시킬 것이라 공약했지만 '스모그 프리 타워'라는 것은 국제 디자인 페스티벌에 출품된 전시품이었다는 사실이 밝혀졌다.

정부는 인공강우를 대책으로 내놓았다. 비구름을 만들어 미세먼지를 제거한다는 공상 과학 같은 방안이었다. 이런 정책들은 농담에서 나온 것이 아니다. 진지하게 제안된 것들이었다.

2019년 3월 '재난 및 안전관리 기본법'이 개정되고, '미세먼지 저감 및 관리에 관한 특별법'이 시행되면서, 미세먼지는 '공식적인 사회적 재난'이 되었다.

또한 정부는 미세먼지 문제에 대한 여론이 심각해지자 대통령 직속 '미세먼지 문제 해결을 위한 국가기후환경회의'를 만들었다. 그리고 그 위원장으로 반기문전 UN 사무총장을 임명하였다. 중국 탓이라는 강한 여론에 응답하듯 임기 초만 해도 반기문 위원장은 미세먼지 문제 해결을 위해 중국과의 협상이 매우 중요하다고 강조했다. 많은 이가 반 위원장이 외교적 협상을 통해 이 난국을 타개할 것이라 희망했다. 그러나 몇 달 뒤 중국 베이징 출장에서 돌아온 반기문 위원장은 푸른 중국 하늘에 감탄했다고 말했다.

"중국이 노력을 많이 했다."

여론은 반기문 위원장을 비판했다. 그러나 그 말은 맞는 말이다. 중국은 그동안 매우 강력하게 미세먼지에 대응해왔다. 그리고 미세먼지 농도를 줄이는 데 성공했다.

그들은 어떤 노력을 했나. 중국 정부는 전국의 미세먼지 오염원 배출 기업을 단속하기 위해 5,600명의 단속 요원을 모집해 현장에 투입했다. 오염원 배출 기업으로 확인된 18만 개가량의 기업은 강제 폐쇄했다. 베이징 등 중국의 대도시들은 석탄 보일러를 LNG 보일러로 대체시키기 위해 석탄 보일러 난방을 금지하기도

했다. 엄동설한에 일반 가정에서 난방도 하지 못한다는 기사가 나오기도 했는데 그 정도로 강력하고 엄격했다.

미국 시카고대학교 에너지정책연구소가 2018년에 밝힌 바에 따르면 2013년~2017년 중국의 초미세먼지 농도는 평균 32퍼센트 감소했다. 중국 전역 200개 소의 공기 모니터링 데이터를 분석한 결과다. 물론 중국이 미세먼지 청정 구역이라는 말은 아니다. 미세먼지 저감을 위한 중국 내 더 큰 노력이 필요한 것도 사실이다. 그러나 한국은 과연 그만큼의 노력을 하고 있나?

현재 국가기후환경회의 홈페이지에 접속하면 "국민 여러분의 창의적인 사고와 지혜를 빌리겠습니다"라는 문구를 볼 수 있다. 주요 업무도 소개되어 있다. 크게 세 가지다. 하나는 국민적 합의에 기반을 둔 범국가적 대책 제안이고 다른 하나는 범사회적 국민 행동 변화 촉구다. 대기오염원 다량 배출 사업장의 자발적 저감과, 국민 행동 변화를 권고하겠다고 한다. 마지막은 다른 나라와의 공조다. 창의력으로 따지면 대형 공기청정기와 비구름만 한 것이 어디 있겠나? 게다가 '자발적 저감, 행동 변화 권고'라니. 있어도 그만, 없어도 그만인 공허한 말에 불과하다.

우리는 문제를 직시해야 한다. 중국을 원망하기 전에 한국이 발생시키는 미세먼지부터 먼저 줄여야 한다. 그리고 솔직해져야 한다. 기술에 의한 기적이 우리를 구원할 것이라는 현대판 기우제를 멈춰야 한다.

미세먼지는 오염원이 다양하다. 석탄화력발전소, 산업 공장, 노후 경유차, 대규모 토목공사 등 가까이에 있는 오염원에 따라 크게 영향을 받기 때문에 지역 환경마다 다르다. 그렇기 때문에 도깨비방망이 같은 단하나의 해결책은 없다. 그렇다고 아예 풀 수 없는 난제도 아니다. 복합적인 정책을 강단 있게 실행하면 될 일이다.

석탄화력발전소는 미세먼지뿐 아니라 기후 위기의 주범인 탄소 배출량을 줄이기 위해서라도 없애야 한다. 탈석탄을 목표로 로드맵을 만들고 단계적으로 실행해 나가야 한다. 에너지효율화 사업과 태양광, 풍력 등 재생에너지로의 전환이 동시에 이루어져야 한다.

산업 공장 등 대기오염 물질 배출 사업장은 미세먼지 배출의 41퍼센트를 차지하고 있는 국내 최대 오염원이다. 배출을 제대로 감시해야 한다. 현재 있으나 마나 한 제철·제강업에 대한 미세먼지 규제도 더욱 강화해야 한다.

노후 경유차의 조기 폐차를 지원하고 내연기관차 자체도 줄여가야 한다. 차량 중심의 도로와 건설업 중심의 도시계획에서 탈피해야 한다. 차를 이용하는 것은 불편하고 공공 교통과 자전거를 이용하는 것이 더 편리하게 느껴지도록 도시를 재구성해야 한다.

대규모 토목공사도 지양해야 한다. 시·도별로 공사 총량제를 도입하여 공사의 횟수와 규모를 조정해야 한다.

물론 쉽지 않은 길이다. 결국 경제성장 제일주의에서 탈피해야 가능한 일이기 때문이다. 전기 요금은 올라가고, 번쩍번쩍한 고속도로가 지금처럼 지어지지 않게 될 거다. 누군가에게는 불편한 일일 수도, 누군가에게는 불만일 수도 있다. 그러나 짚고 넘어가자. 인간은 자동차나 고속도로 없이 살 수 있어도 숨 쉬지 않고는 10분도 채 살 수 없다.

"사람들이 고통받고 있습니다. 죽어가고 있어요. 생태계 전체가 무너지고 있습니다. 우린 대멸종의 시작점에 서 있습니다. 그런데 여러분은 오로지 돈과 동화 같은 경제성장 얘기만 하고 있습니다. 도대체 어떻게 그럴 수 있습니까?"

스웨덴 출신의 청소년 기후 정의 활동가 그레타 툰베리가 2019년 9월 미국 뉴욕에서 열린 'UN 기후 행동 정상회의'에서 한 연설 중 일부다.

　　당시 그레타 툰베리는 비행기가 아닌 요트를 타고 뉴욕으로 향했다. 항공기로 한나절이면 갈 거리를 태양광 요트로 15일이나 걸려 대서양을 건넜다. 탄소 배출로 인한 기후 위기를 경고하기 위해서다.

　　그레타 툰베리의 기후 행동은 UN 연설 이전에도 이미 세계적인 주목을 받으며 이슈가 되었다. 2018년 8월부터 그레타 툰베리는 매주 금요일마다 학교 대신 국회의사당 앞으로 가서 '기후를 위한 학교 파업Skolstrejk for Klimatet'이라는 팻말을 들고 1인 시위를 하고 있다. "우리가 책임질 수 있는 나이가 될 때까지 기다릴 만한 충분한 시간이 없습니다"라고 외치는 툰베리에게 화답하듯 세계 270여 지역의 청소년들이 '미래를 위한 금요일Fridays for Future'이라는 기후 행동에 기꺼이 동참

하고 있다.

2018년 한국 제주에서도 비슷한 바람이 불었다. 당시 제주도지사 후보였던 고은영 녹색당 미세먼지 기후변화 대책위원장은 "제주는 가을 태풍과 겨울 폭설 속에서 매년 폐작을 겪는 등 기후 위기를 빠르게 겪는 곳"이라고 진단했고, 제주도민의 지속 가능한 삶을 위해 필요한 것은 지역에 기후 위기를 초래하고 있는 기존 토건 사업이나 난개발이 아니라, 환경 자원과 공동체를 지킬 기후 정의와 사회 안전망을 위한 정치라고 외쳤다. 당시 고은영 후보는 제주에서 자유한국당과 바른미래당 후보를 앞지르며 지지율 3위에 올랐다.

이렇게 청소년과 청년 세대가 기후 위기에 민감하게 반응하며 적극적으로 목소리를 내는 이유는 무엇일까? 그건 바로 기후 위기가 미래를 잠식할 현실적인 문제라는 사실을 청년 당사자들이 실제로 직시하고 체감하기 때문이다.

그레타 툰베리와 고은영은 문제를 직시했다. 좌고우면하지 않는다. 탄소 배출과 기후 위기를 멈출 수 있는 정책을 지금 당장 실천해야 한다고 말한다. 우리에게 필요한 것을 그들이 보여주고 있다. 문제를 바로 보는 힘과 변화를 선택할 용기.

최근 기후 위기가 초래한 대기 정체로 미세먼지 문제는 더욱 악화할 것이라는 예측이 나왔다. 결국, 모든 것이 연결되어 있다. 기후 위기는 미세먼지가 포함된 더 큰 리트머스 시험지다.

희뿌연 미세먼지 너머에 있는 진짜 문제를 직시하자. 미세먼지와 기후 위기 문제를 해결하기 위해, 탄소 배출과 대기오염 물질을 줄이기 위해, 우리는 지금까지 살아온 삶의 방식을 바꿔야 한다. 사회 전체의 변화가 절실하다.

이제 한국 사회의 목표가 1인당 GDP 4만 달러가 되어서는 안 된다. 우리의 새로운 도전은 지구의 패턴에 일치하는 방식으로 살기 좋은 도시를 운영하며, 깨끗한 공기를 지키고 건강한 음식을 생산하면서 이 시대를 살아가는 모든 생명과 함께 행복하게 사는 일이 되어야 한다.

차례

발문 바로 보는 용기 _ 신지예   4

미세먼지에 덮인 우리의 진짜 문제
•
배보람

무엇이 우리의 공기를 더럽히는가   29
경제성장이라는 환상과 불평등한 미래   36
미세먼지라는 부정의에서 벗어나려면   42

중국산 미세먼지의 진실
•
강양구

과학으로 본 미세먼지   53
부실한 연구와 엇갈린 결론   63
미세먼지, 현실적으로 다시 보자   72

교통·에너지·환경세를 아세요?

·

김상철

'환경세'가 아닌 '교통·에너지·환경세'   86

이상한 구조, 더 이상한 배분   97

이제는 다르게 쓰자   105

미세먼지를 줄이는 전환의 시작

·

이유진

미세먼지라는 복합적인 문제   123

우리가 넘어야 할 높은 장벽   132

그린뉴딜, 고용과 환경 정책이 손잡는다면   137

지금부터 시작하는 '대전환'   145

부록

한눈에 보는 미세먼지 정책 149

미세먼지에 맞서는 방법_이낙준 165

미세먼지에 덮인 우리의 진짜 문제

·

배보람

배보람

녹색연합 전환사업팀장

지구 환경 전반에 걸쳐 일어난 이상 기후변화의 근원을 고민하는 환경 단체 '녹색연합'에서 개인이 삶 속에서 작고 소박하게 실천할 수 있는 내용부터, 사회 전체가 변화해 나가야 하는 방향까지 함께 모색하고 있다.

11년간 녹색연합에서 활동하며 석탄화력발전소, 제철소 등 국내 산업 활동이 야기한 각종 오염을 모니터링하고 대응 방안을 찾아 언론에 알려왔다. 최근 한반도를 뒤덮은 미세먼지를 정치·국제·사회 전반의 문제로 보고 시민이 자발적으로 참여할 수 있는 환경운동을 전개하고 있다. 『미세먼지 클리어』에서는 경제성장으로 인해 발생한 기후변화와 미세먼지에 맞서 '탈성장'을 목표로 이야기한다.

"그때는 동네를 돌아다니던 개들도 만 원짜리를 물고 다녔어."

환경운동가라는 직업 덕에 지역 여기저기로 출장을 다니며 만난 어른들은 꼭 저렇게 허세 어린 말로 성장의 시대를 추억했다. 그럴싸한 산업 단지나 조선소, 탄광이 흥하고 흥하던 시절을 떠올리면서 말이다. 그 호시절에 사람들은 더 큰 집으로 이사 갈 것을 꿈꾸고, 가구를 바꾸거나 아이들 위해 꽤 값나가는 악기를 샀을 것이다.

그런 일들 중 한두 가지를 유년시절의 어렴풋한 기억으로 간직한 사람들이 있을 것이다. 그러나 삼십대 중반 줄에 있는 내 또래의 사람들에게 소환될 눈부신 경제성장의 경험 따위는 없다. 내가 중학생이던 때, IMF가 '왔다'. 뉴스 진행자가 격앙된 목소리로 뭔가 심상치 않은 일을 보도하던 모습이 잔상으로 남아 있고, 정말 모든 것이 바뀌었다는 것을 느낄 수 있었다. 학교도 길거리도 집도.

학교에서 수업료 감면 신청이 필요한 학생들은 교무실로 오라는 교내 방송을 했다. 우리 집 상황이 그 대열에 따라나서야 할 정도로 심각한지가 고민됐는지 아니면 창피했는지 가만히 망설였던 기억이 있다. 조용히 그 대열을 따라나섰던 한 친구는 학교가 끝나고 떡볶이집을 거쳐 돌아가는 길에 '아빠 사업이 망했다'고 말하며 울었다. 텔레비전에서는 망한 사람들은 노숙자가 된다고 하던데. 그즈음 나는 시골집으로 가는 기차를 타려고 들른 영등포역에서 노숙자를 직접 봤다. 구걸하는 사람이 아닌 노숙을 하는 사람들 말이다. 나와 같은 세대는 대부분 청소년기에 경제성장이 아닌 IMF를 경험했다.

그랬던 십대를 지나 언제부턴가 쉽게 '성장'이라는 단어를 접할 수 있었다. 삼성전자나 하이닉스 반도체가 최대의 실적을 냈다는 기사를 읽었다. 기업의 오너나 이사들의 배당금이 얼마라거나, 무역수지가 반등했다는 기사도 읽었으며, 어떤 기사들에서는 국내총생산(GDP)이 상승하고 있다고도 했다. 숫자가 어떻게 오르락내리락 하든, 나는 한 번도 내가 살고 있는 동네의 개들이 만 원짜리를 물고 다닌 광경을 본 적이 없으므로, 그 이야기는 나의 것인 적이 없었다.

그러는 동안에도 집값이 오르지 않을 동네에 거주하는 부모님의 살림이 나아질 기미는 없어 보였다. 사촌들은 대체로 비정규직이거나 줄줄이 공무원 시험을 준비한다고들 했다. 뉴스에서 떠드는 경제성장은 내 주변 사람들에게 돌아가는 몫이 아니었다. 우리에게는 오히려 근근이 삶을 유지하는 것도 때로는 대단히 운이 좋은 것처럼 느껴질 정도였다.

미세먼지에 덮인 우리의 진짜 문제

무엇이
우리의 공기를
더럽히는가

경제성장을 위해 더 많은 도로가 건설되는 동안 자동차는 더 늘어났다. 현재(2019년 기준) 인구 2.2명당 한 대꼴로 자동차를 소유하고 있는 우리 사회는 자동차 중독 사회다. 전국에 등록된 자동차가 2,300만 대, 수도권에만 1,000만 대의 자동차가 도로를 달리고 있다. 사람들은 자동차를 교통수단으로 가장 많이 의지한다. 자동차가 늘어나니 도시는 더 막힐 수밖에 없다. 정부와 지자체는 더 많은 도로를 건설함으로써 자동차를 이용하는 이들의 편의를 돕는 일을 경기 부양 정책이나 교통정책의 우선으로 삼아왔다. 그런데도 도로는 막힌다. 특히 인구가 밀집되어 있는 수도권과 서울의 경우 차가 막히는 '도로 혼잡 구간'은 매년 조금씩 증가하고 있다. 2018년 5월 국토교통부의 발표 자료에 따르면 서울의 도로 혼잡 구간은 2014년 19.47퍼센트에서 2016년 22.78퍼센트로 3.31퍼센트 증가했다.

출퇴근길마다 우리는 이 지긋지긋하고 답답한 도시를 떠나기를 소망한다. 한데 우리는 이를 실현하기 위해서라도 자동차 한 대쯤이 필요하다고 생각한다. 앙드레 고르가 지적한 것처럼, '자동차를 통해 속도와 이동의 자율성이라는 특혜를 얻으려 했지만, 결국에는 우리의 삶을 자동차에 근본적으로 의탁해버린 꼴'이 되었다. 빠른 속도를 위해 사람들은 자동차를 구매하고 도로를 만들었지만 오히려 모두의 속도를 늦추고 있다. 결국 모두 하루에 두세 시간씩을 도로에 쏟게 되었고 이를 개선하기 위해 더 많은 도로를 짓고 더 빠른 교통수단을 갖는 데 공적 자금을 투자하는 일을 반복

미세먼지에 덮인 우리의 진짜 문제

하고 있다.

이런 사회에 살면서 우리는 새로운 불안을 떠안게 되었다. 우리가 더 많은 시간을 도로에서 보낼수록 창밖의 공기는 더 더러워졌다. 이상기후로 한여름의 더위가 최고치를 갱신할 때마다, 무엇인가 바뀌어야 한다고 생각하지만 당장 어떻게 되지 않으므로 지금을 견디기 위해 에어컨을 켠다.

이제는 정말 에어컨 없이 여름을 보낼 수 없다. 방의 수만큼 공기청정기도 갖추어야 한다. 미세먼지 투과율이 낮은 마스크를 항상 구비하고 일회용품처럼 사용한다. 옷에 묻은 미세먼지를 깨끗하게 씻겨줄 의류관리기도 새로 들일까 고민한다. 더러운 외부의 공기와 단절되기 위해 우리는 최선을 다한다. 공기청정기가 돌아가는 집에서 나와 차량용 공기청정기가 달린 자동차를 타고 사무실로 들어선다. 각자가 지불 가능한 최대의 한도 안에서 미세먼지와 각종 오염으로부터 벗어나기 위해 비용을 지출한다. 우리의 구매가 늘어날수록, 더 많은 상품이 생산된다. 2019년 3월 미세먼지가 한창 기승을 부릴 때 보도된 기사에 따르면, 공기청정기 판매량은 지난해보다 세 배에서 일곱 배까지 올랐다고 한다. 미세먼지 테마주가 상한가를 치고, 판매량은 신기록을 갱신하는 중이다.*

미세먼지를 걱정하고 정부와 중국을 탓하면서 우리는 기어이 자동차를 끌고 도로로 나간다. 미세먼지 경보가 울릴 때마다 중국 탓을 하지만 정작 그곳에 살고 있는 사람들은 어떨까 생각하지 못한다. 지금 주변에 널브러진 물건들을 집어보라. 그것을 생산한 공장은 어디에 있는가. 삼성이니 엘지니 애플이니 하는 기업들은 이미 오래전에 중국으로 몰려가 경쟁하듯 공장을 지었다. 공기청정기도 마찬가지다. 중국 자체가 전 세계의 공장이 되었고 이런 산업 구조에서 발생한 환

---

* '"매출 7배 증가", "주가 30% 상승"… 공기청정기, 우울한 활황', 《한겨레》, 2019. 3. 7.

경오염으로 가장 많은 피해를 받은 사람들은 그곳에서 살고 일하는 사람들이다.

에너지를 쓰는 일은 반드시 오염을 만들어낸다. 한국이 에너지 과소비 국가라는 것은 부정할 수 없다. 국제에너지기구의 2019년 2월 발표 자료에 따르면 한국의 1인당 에너지 소비량은 경제협력개발기구(OECD) 국가 평균 대비 40퍼센트나 많다.* 기후변화와 대기오염 증가는 우리 생활의 양태를 보여주는 현실적인 지표다.

이런 측면에서 환경문제를 개인의 소비로 해결하려는 노력은 임시방편에 그칠 수밖에 없다. 결국에는 악순환이 되는 것이다. 그런데도 우리가 이러한 악순환을 반복하는 이유는, 이 문제를 누구와 논의하고 어떻게 해결해야 하는지를 상상해내지 못해서다. 이는 우

* "'韓 1인 에너지소비량, OECD보다 40% 많다'", 《한국경제》, 2019. 2. 25.

리 스스로 어떠한 문제도 해결하지 못한다는 무력감에서 허우적거리게 한다.

게다가 공기청정기나 마스크를 사는 정도의 임시방편, 각자도생은 일정 정도의 소비력을 갖춘 사람들과 그렇지 못한 사람들을 나눈다. 공기청정기를 구매하여 실내 공기를 관리한다는 것은 결국 지불 능력에 따라 공기를 차등 구매한다는 말과 다르지 않다. 필연적으로 불평등을 전제한 해결 방식이다.

이미 우리는 무엇이 우리의 공기를 더럽게 만들고 있는지 알고 있다. 매일 타고 다니는 자동차와 집 안의 공기를 깨끗하게 만들어주는 공기청정기를 생산하는 공장, 우리의 일상에 필요한 에너지를 만들어내는 발전소, 이런 것들 말이다. 이런 것들에 '원인'이라는 단어가 붙는다는 것도 우리는 이미 알고 있다.

따라서 미세먼지와 같은 환경오염 문제를 해결하기

위해서 우리는 개인의 구매를 넘어서는 일을 해야 한다. 적어도 마을 차원이어야 하고, 도시 단위여야 한다. 계속해서 무엇인가를 사서 오염을 피해낼 수 있으면 다행이겠지만, 우리는 그다지 돈이 많지 않고 그런 방식이라면 앞으로 점점 더 돈은 부족할 것이다. 때문에 누구와 무엇을 해야 할지 고민하는 것, 결국 우리가 함께 문제를 해결하려고 노력하는 것, 이것은 생존의 문제이기도 하다.

경제성장이라는 환상과
불평등한 미래

다시 그런 시절이 올까. 동네에서 개들이 입에 지폐를 물고 돌아다니는 광경을 보게 될 날 말이다. 그래서 그 언저리에 있는 사람까지 혜택을 받아 살림이 펴고 가구도 바꾸고 여차하면 피아노 같은 값나가는 악기도 살 수 있을까. 언젠가는 또다시 그래야 한다고 생각하고 마땅히 그럴 것이라고 믿는 사람들이 있지만, 대다수의 청년 세대는 이제는 도래하지 않을 과거의 영광일 뿐이라는 생각을 하는 것 같다.

한국의 출산율은 역대 최저이며, OECD 국가 중에서도 압도적 꼴찌라는 우려를 담은 기사는 익숙하다 못해 지겹다. 국회예산정책처가 2018년 발표한 보고서는 저출산이 지속될 경우 투자, 소비, GDP 등 주요 경제활동 수치가 모두 하락할 것이라고 예측하고 있다. 즉, 한국의 인구 감소는 한국 사회 성장 담론의 한계를 보여주는 지표이다. 아이를 낳고 키우는 동안 치러야 하는 경제적 비용을 감당할 자신이 아무리 봐도 없다는 이 명확한 미래 전망. 세계 최저 수준의 출산 기록을 1년에 몇 번씩 갈아치울 정도로 대동단결한 젊은 세대의 미래 예측은 반복되는 기사로 매번 확인되고 있다. 이 정도라면, 저출산 현상은 젊은 세대들이 보여주는 집단지성이며 공통적으로 누적된 경험에 기반한 예견이라 할 수 있지 않을까.

날이 갈수록 심해지는 경제적 양극화 사회 속에서 모두가 각자도생을 삶의 기본 조건으로 장착하고 분투하는데도 쉽사리 미래를 낙관할 수 없어 절대 다수의 사람이 심리적 압박에 시달리고 있는 사회. 저출산이라는 장기적 현상을 젊은 세대의 집단지성으로 설명해내는 지금 이 사회는 과거의 그때와는 분명히 달라졌다.

2018년 연말, 한 증권 전문가는 이러한 현상이야말로 경제성장이 끝난 '수축 사회'의 현상이라고 지적했다. 그는 공급 과잉, 인구 감소, 부채에 의지한 경제성장이 수축 사회의 요인이 되었으며, 더 이상의 성장이 불가능하다는 성장 시대의 종언은 전 세계적인 현상이라 설명한다. 일부 국가나 도시가 부의 축적과 성장을 이뤄내는 것처럼 보이지만, 이는 이미 수축 사회에 살고 있는 사람들과 기업들이 생존을 연명하기 위해 만들어낸 일시적 효과일 뿐이다. 그래서 결국 성장 시대의 종언은 우리가 인식해야 하는 문제이지, 미루거나 선택할 수 있는 것이 아니라고 강조한다.

여전히, 경제성장이야말로 인류가 이뤄내야 하는 과업이라 믿고 있는 정치가, 전문가, 언론은 발전이 영원

할 것이라 말한다. 서구 국가들은 이미 상당한 부를 가지고 있으면서도 발전의 완성을 이룩하지 못한 것처럼 군다. 어떤 국가들은 자신들도 '서구와 같은' 발전을 누릴 권리가 있지 않느냐고 말한다.

한국도 다르지 않다. 우리는 여전히 경제성장을 꿈꾼다. 새로운 도로를 내면서, 더 많은 발전소와 개발계획을 만들고 더 많은 공적 자금을 투자하면서. 모든 지역은 서울 같아지기를 바라고 서울의 집들은 강남의 아파트를 꿈꾼다. 이러한 욕망에 대한 정책적 지지는 정권이 바뀌어도 달라지지 않았다. 2019년 초, 각 지역의 대형 개발 사업 23개 부문 24조 원대의 사업에 대한 '예비타당성조사'를 면제해주겠다는 발표가 있었다. 이것이 논란이 된 이유는 300억 이상 국비를 투자하는 500억 이상 규모의 사업은 최소한의 경제성이 확보되어야 사업이 진행될 수 있도록 하는 국가 재정 운영의 원칙인 예비타당성조사 제도를 정부 스스로 생략해 버렸기 때문이다. 앞선 정권의 난개발 사업으로 꼽히는 4대강 사업이 이 예비타당성조사를 거치지 않은 대표 사례다. 그 세세한 내용을 살펴보면 '지역균형발전'의 내용이 무엇인지 명확하게 알 수 있다. 도로나 공항을 건설하겠다는 계획들이다. 지역과 지역을 잇는 넓게 뚫린 도로도 결국은 대도시와 소도시를 연결하거나 서울과 지역 도시의 시간상 거리를 좁히기 위한 것이지 지역 내 공동체 생활에 부족한 것들을 살피고 보완하는 것이 아니다. 그 많은 지자체 사업에서 환경 개선, 의료·교육·보건·복지·소수자 지원과 같은 사업은 찾아보기 어렵다.

여전히 우리가 생각하는 '발전'의 개념이 이 정도 수준이다. 더 빨리 더 많은 것이 있는 도시로 연결되고, 이를 통해 지가 상승을 이루고 더 많은 소비와 경제성장을 이룩하는 것. '지역 간 균형'이라는 것도 이 정도를 상상할 뿐이다. 이 뻔한 경기 부양 정책으로 과연 우리의 삶이 나아질 수 있을까. 시간이 지나면 과잉 투자의 결과로 도로도 철도도 항공도 적자를 면하지 못할 것이 뻔하고, 이를 유지하고 운영하기 위한 부담 역시 결국 지자체와 정부의 몫으로 돌아올 것이다. 2019년 초 발표된 예비타당성조사 면제 사업의 총 재정 규모가 24조다. 경제적 어려움에 허덕이고 있는 이들에게 도로나 공항이 아니라 삶을 재건할 수 있도록 돕는 다른 방식의 지원은 불가능한 것일까. 지역의 지속 가능성을 도모하고 불평등을 줄이기 위해 투자할 수 있는 사업이 정말 이런 것밖에 없었을까.

미세먼지와 기후변화는 무분별하게 이루어지던 경제성장의 속도가 느려지자, 더 명확하게 드러난 성장의 본질이다. 저성장 때문이 아니라, 위기의식 때문에 우리 삶의 방식은 바뀌어야 한다. 미세먼지, 한여름의 폭염은 계절마다 잠깐씩 겪는 수고로운 일이 아니다. 지금과는 다른 구조의 사회를 살 수밖에 없는 조건, 이것이 미세먼지와 기후변화라는 현실이다.

미세먼지라는
부정의에서
벗어나려면

　우리가 겪고 있는 기후변화와 오염 문제는 단순히
자원 고갈 문제가 아니다. 앞서 이야기했듯이 에너지
과소비를 전제하는 사회구조, 이것이 만들어내는 부의
불평등 문제다. 이 시대의 기후변화를 포함한 모든 환
경문제는 결국 사회 정의의 문제다.

　경제성장이야말로 모두의 행복과 발전을 가져올 것
이라는 믿음, 성장이 멈추면 세계가 멈출 것이라는 환
상과 함께 성장해온 사회구조를 문제 삼아야 한다. 그

환상은 성장이 계속되면 우리 모두 성장의 혜택을 누릴 수 있을 것이라는 꿈을 꾸게 했다. 경제성장이 더 많은 평등과 더 많은 정의를 만들어냈다면, 저성장의 고통이 대부분의 사람들에게 이렇게 가혹할 리 없다. 일부에게만 더 많은 부를 몰아주고 대부분의 사람을 생존경쟁으로 내몰아 불안감만 심어주는 이 불평등한 사회. 이 사회가 인류 전체를 기후 위기 속으로 몰아넣은 것이다.

'기후 아파르트헤이트'라는 단어가 있다. 1948년 남아프리카에서 소수의 백인이 권력을 잡아 모든 사람들을 인종 등급으로 나누고 시민권을 박탈했던 인종차별 정책을 이르는 '아파르트헤이트'에서 온 말이다. 기후 변화에 대응할 수 있는 나라와 전혀 그럴 수 없는 나라가 있음을 빗댄 말이다. 이것은 국가와 국가 간의 불평등뿐 아니라, 개인들에게도 적용될 수 있다. 국내에서 등장하기 시작한 미세먼지 청정 시스템을 갖춘 아파트에서 국민 몇 퍼센트가 살 수 있을까? 당장 지난 몇 년

간의 폭염을 돌이켜보면 쪽방에서 살거나 야외에서 노동을 할 수밖에 없는 사람들과 고층 빌딩과 아파트를 자동차로 오가는 삶을 사는 사람들의 피해는 분명하게 차이가 있다. 가난한 이들의 소비, 에너지 사용량은 부자들보다 많을 수 없다. 미세먼지와 같은 환경오염도 온실가스 배출도 더 많은 에너지를 소비하는 부자들의 책임이 큰데도, 그 피해는 환경 위기에 적응할 능력이 부족한 이들에게 더 많이 돌아간다.

우리는 이미 경제성장이든, 그 몰락의 상황에서든 더 많이 가지지 못한 사람들이 가장 큰 피해자가 된다는 사실을 거듭 확인해왔다. 가난한 이들에게는 경제적 생존뿐 아니라 기후변화, 미세먼지 같은 생태적 위기에서 살아남아야 하는 과제가 더 크고 무겁게 지워진다. 환경 위기가 심각해질수록 불평등은 사람들의 생사를 가른다. 따라서 이 시대의 미세먼지와 기후 위기는 경제성장이 낳은 불평등의 문제이기도 하다.

따라서 우리가 어떻게 더 친환경적인 소비를 할 것인가 하는 논의에 그쳐서는 안 된다. 우리에게 정말 필요한 질문은 '어떻게 기후변화와 미세먼지를 피할 수 있느냐'가 아니라, '이 부정의에서 어떻게 벗어날 수 있느냐' 하는 것이어야 한다.

참고 문헌

국토교통부 보도자료, 「국내 자동차 대수 2,300만 대 돌파… 인구 2.2명당 1대꼴」, 2019. 1. 16.

김경수 · 허가형 · 김윤수 · 김상미 외, 『우리나라 저출산의 원인과 경제적 영향』, 국회예산정책처, 2018.

홍성국, 『수축사회』, 메디치미디어, 2018.

앙드레 고르, 『에콜로지카』, 임희근 · 정혜용 옮김, 생각의나무, 2008.

중국산 미세먼지의 진실

·

강양구

강양구

기자

2003년부터 지금까지 '질문하는 기자'로 살고 있다. 2005년 황우석 박사 연구의 허위를 폭로하는 기사를 최초로 보도해 앰네스티언론상(2005), 녹색언론인상(2006) 등을 수상했다. 생명공학, 에너지, 먹을거리를 비롯해 현대 과학기술이 초래하는 여러 문제를 끊임없이 환기하며 대안을 모색하는 중이다.

『세 바퀴로 가는 과학자전거』1·2,『아톰의 시대에서 코난의 시대로』, 『수상한 질문, 위험한 생각들』 등을 펴냈다. 지금은 'YG와 JYP의 책 걸상' 팟캐스트를 진행하고 있다.《프레시안》기자와 편집부국장(2015~2016), 코리아메디케어 콘텐츠본부장(부사장) 등을 지냈다.

『미세먼지 클리어』에서는 미세먼지를 둘러싼 국제사회 분쟁을 비롯해 다양한 분야에서 제기된 주장에 대한 팩트 체크를 상세히 전한다.

지금 전 세계의 가장 심각한 환경문제는 지구 가열이 초래하는 기후 위기다. 하지만 정작 한국에서는 기후 위기가 아니라 미세먼지를 가장 심각한 환경문제로 꼽는다. 특히 겨울부터 봄까지 고농도 미세먼지가 심해질 때면 그 원인을 놓고서 갑론을박이 계속된다. 도대체 고농도 미세먼지는 어디서 나온 것일까?

이 질문에 대다수 시민이 곧바로 내놓는 대답은 '중국' 같은 외부 요인이다. 이런 식이다. '서울에서 약

500킬로미터 떨어져 있는 산둥반도를 비롯한 중국 동해안의 공장, 발전소 등에서 내놓는 오염 물질이 서해를 넘어 한반도를 덮치면서 미세먼지 오염이 심해졌다. 서울과 인천에서 약 200킬로미터 떨어진 공장 하나 없는 백령도에서 검출되는 미세먼지가 그 증거다.'

이런 상식은 아주 오래된 경험과 맞닿아 있다. 지난 수천 년간 봄철만 되면 중국에서 바람을 타고 황사가 날아왔으니까. 황사가 수천 킬로미터를 서쪽에서 동쪽으로 부는 서풍을 타고 날아왔다면, 중국의 산업화 과정에서 발생하는 엄청난 양의 미세먼지도 그런 식으로 한반도를 덮칠 수 있지 않을까. 그런데 이런 통념은 정말로 진실일까?

과학으로 본
미세먼지

앞에서 언급한 상식은 대기과학의 기초 지식과 엇갈린다. 하나씩 짚어보자.

우선 중국의 미세먼지가 한반도로 넘어오려면 여러 조건이 맞아떨어져야 한다. 중국에서 미세먼지가 발생하면 배출 지역에서는 고농도로 나타나지만 거리가 멀어질수록 농도는 급격히 떨어진다. 미세먼지가 지표면 근처로 확산되는 데에는 한계가 있기 때문이다.

한 가지 증거가 있다. 2017년 4월 2일, 서울시 서초구 롯데월드타워 개장 기념으로 불꽃 축제가 열렸다. 롯데월드타워에서 2킬로미터 떨어진 관측 지점에서 불꽃 축제가 시작된 오후 9시부터 10시까지 미세먼지 농도는 눈에 띄게 높아졌다.

	미세먼지(PM10)	초미세먼지(PM2.5)
9시	88μg/㎥	51μg/㎥
10시	114μg/㎥	75μg/㎥

불꽃놀이 여파로 인해 미세먼지가 일시적으로 늘어난 것이다. 반면에 같은 시간 동쪽으로 4킬로미터 떨어진 관측 지점의 미세먼지 농도는 거의 변화가 없었다.

	미세먼지(PM10)	초미세먼지(PM2.5)
9시	88μg/㎥	68μg/㎥
10시	91μg/㎥	69μg/㎥
11시	83μg/㎥	64μg/㎥
0시	76μg/㎥	52μg/㎥

롯데월드타워 주변 미세먼지가 일시적으로 고농도가 된다고 하더라도 지표면의 확산 효과는 미미했다.

대기과학자 조천호는 "미세먼지가 지표 가까이 수평 확산되는 것만으로 중국에서 우리나라로 올 수 없다"며 "우선 먼지가 대기 경계층 위 약 1,500미터 이상의 상공으로 올라가야 바람을 타고 이동할 수 있고, (그렇게) 발생 지역의 상공으로 확산되려면 대기가 불안정해야 한다"는 조건을 지적했다.*

바람의 방향에 대해서도 따져봐야 할 게 많다. 알다시피, 한반도는 편서풍이 분다. 당연히 대기의 큰 흐름은 서쪽에서 동쪽을 향한다. 하지만 한반도 안에는 편서풍 외에도 다양한 대기의 흐름이 있다. 겨울철에는 시베리아에서 차가운 북서풍이 불지만, 여름철에는 태평양에서 뜨거운 남동풍이 부는 것이 대표적인 예다.

* 조천호, 『파란하늘 빨간지구』, 동아시아, 2019.

더구나 수도권과 같은 특정 지역으로 시야를 좁혀 보면 대기의 흐름이 시시각각 변하는 것을 발견할 수 있다. 풍향계가 계속해서 방향을 바꾸고, 학교나 관공서의 태극기가 수시로 이리저리 펄럭이는 것도 이 때문이다. 수도권과 같은 비교적 좁은 범위에서 하루 이틀간의 미세먼지 농도에 가장 큰 영향을 주는 것은 바로 이렇게 시시각각 변하는 대기의 흐름과 세기이다.

백령도의 미세먼지를 놓고서 무작정 중국에서 날아온 것이라고 단정 짓기 어려운 이유도 이 때문이다. 백령도의 미세먼지는 편서풍을 타고 산둥반도에서 날아온 것일 수도 있지만, 충청남도 서해안의 화력발전소나 인천항에서 북서쪽으로 확산된 것일 수도 있다. 배의 굴뚝에서 나오는 황산화물이나 바다에서 나오는 해염(sea salt)도 미세먼지를 발생시키는 주요 오염원 가운데 하나다.

프랑스의 초미세먼지(PM2.5) 농도가 대표적인 예다.

계절에 따라서 바람의 방향이 달라지는 한국과 달리 서유럽은 편서풍 경향이 또렷하다. 그렇다면 프랑스의 미세먼지 농도에 큰 영향을 주는 외부 오염원은 도버 해협 건너 북서쪽의 영국일까? 아니다. 영국의 영향은 6퍼센트 정도였다. 오히려 프랑스 서쪽 독일의 영향은 10퍼센트, 남서쪽 이탈리아는 6퍼센트, 남동쪽 스페인은 5퍼센트 등의 순이었다. (프랑스 미세먼지의 가장 큰 원인은 자국에서 발생한 오염 물질이었다!)

더구나 서쪽에서 동쪽으로 바람이 분다고 무조건 미세먼지가 한반도에 쌓이는 것도 아니다. 겨울철처럼 북서풍이 세게 불면, 설사 그 바람이 미세먼지를 중국에서 한반도로 싣고 왔다고 하더라도 먼지는 쌓이지 않고 날아간다. 물론 이런 조건이면 한반도에 닿기도 전에 미세먼지는 흩날려서 그 영향은 미미해질 것이다.

또한 미세먼지 농도에 영향을 주는 결정적인 요인은 '대기 정체'다. 미세먼지가 심한 날 일기예보를 가만히

들어보면 열 번이면 열 번 모두 "대기 정체가 심해"라는 설명을 들을 수 있다. 예를 들어, 겨울철에 강하고 차가운 북서풍이 불면 대기의 이동이 원활해지면서 덩달아 먼지도 쌓이지 않고 희석된다. 바로 대기 정체가 없는 날이다.

반면에 미세먼지가 심한 날은 공기의 상하 운동이 거의 없고 바람도 약하다. 바로 이때 미세먼지가 차곡차곡 쌓이면서 특정 지역(서울)의 농도가 높아진다. 고농도 미세먼지가 발생하는 날은 어김없이 이렇게 대기가 정체하는 상황이다. 마치 겨울철에 문을 닫아놓고 고기를 구워 냄새와 연기가 자욱해진 고깃집과 같은 모습이다.

2018년 12월과 2019년 1월을 비교해보자. 2018년 12월에는 상대적으로 추운 날이 많았다. 시베리아에서 날아온 차가운 북서풍이 한반도를 덮쳤다. 이 북서풍은 경로만 따져보면 중국 대륙을 거세게 휩쓸고 날아온 것이다. 하지만 이렇게 북서풍이 심하게 분다고 해서 갑작스럽게 한반도 미세먼지가 심해지는 경우는 없었다.

반면에 2019년 1월의 상황은 달랐다. 시베리아의 차가운 북서풍이 주춤하면서 날씨가 풀렸다. 그 대신에 1월 12일~15일까지 한반도에서는 공기의 이동이 느려진 대기 정체가 시작되었다. 그 결과, 발전소나 공장 굴뚝, 자동차 배기가스에서 나온 미세먼지를 비롯한 오염 물질이 날아가지 않고 쌓이기 시작했다.

이런 모든 사실을 두고 우리는 왜 계속 중국을 의심하는 걸까. 미세먼지의 대부분이 중국에서 왔다고 믿게 하는 근거 중에 오염 물질의 이동을 보여주는 이미지가 있다. 이미 여러 매체에서 지적했듯이, 언론을 통해서 접할 수 있는 이미지의 대부분은 특정한 모델에 기반을 둔 시뮬레이션 결과를 그래픽으로 시각화한 것일 뿐이다.

그렇다면 일부 대기과학자가 오염 물질 이동 연구에 활용하는 인공위성 사진은 어떨까? 이 역시 조금만 찬찬히 생각해보면 그 한계가 또렷하다. 인공위성 먼지 사진은 특정 시점, 특정 장소의 먼지 덩어리(에어로졸)의 두께를 측정한 다음에 시각적으로 재현한 것이다. 동영상이 아니기 때문에 같은 먼지 덩어리가 고스란히 다른 곳으로 옮겨간다는 사실을 확증할 수 없다.

예를 들어, 2019년 5월 20일 오후 2시 인공위성으로 중국 산둥반도를 찍었다고 치자(사진 A). 잇따라 5월 21일 오전 2시에 한반도 수도권의 먼지 사진을 찍었다(사진 B). 얼핏 보면 산둥반도의 먼지 덩어리가 열두 시간 후에 고스란히 수도권으로 편서풍을 타고 이동한 것처럼 보인다(A = B). 하지만 그렇지 않다(A ≠ B).

오후 2시 산둥반도에 있었던 먼지 덩어리와 다음 날 오전 2시 수도권 먼지 덩어리의 구성 성분이 같다는 것을 보증하려면 별도의 입증 과정을 거쳐야 한다. 인

중국산 미세먼지의 진실

공위성 사진을 통해서 오염 물질의 이동 경로를 파악하려는 시도가 상당한 '불확실성'을 안을 수밖에 없는 것은 이 때문이다.

인공위성 사진으로 오염 물질의 이동 경로를 밝히려고 시도하는 과학자는 이런 불확실성을 알기 때문에 항상 "그것만으로는 충분치 않으니" 항공 조사, 지상 조사 등 다른 조사 방법으로 보완을 해야 한다고 말한다. 조천호는 "인공위성에서 산출한 먼지 농도는 미량의 구름만 있어도 (오차가 커서) 사용할 수 없기 때문에 보조 자료로만 사용한다"고 설명했다.*

그러니 인공위성 사진이나 혹은 더 심하게는 시뮬레이션 결과를 시각화한 이미지를 마치 미세먼지의 실시간 이동을 직접 보여주는 것과 동일시해서는 안 된다. 다수의 과학자가 미세먼지의 국가 간 이동을 놓고서

* 조천호, 같은 책.

더 많은 연구가 필요하다고 입을 모으는 것도 이런 사
정과 무관하지 않다.

부실한 연구와
엇갈린 결론

  여기까지 읽다 보면, 그동안 미세먼지가 중국 탓이라고 믿어온 근거의 토대가 상당히 취약하다는 사실을 알았을 것이다. 그렇다고 한반도 미세먼지의 중국 기원을 밝히는 과학계의 공인된 연구 논문이 있는 것도 아니다. 그동안 환경부는 "평균 30~50퍼센트", "고농도 시 60~80퍼센트" 식으로 미세먼지가 '중국과 같은 외부 탓'이라고 주장해왔으나 근거는 부실했다.

  이런 주장을 뒷받침하는 국립환경과학원의 미세먼

지 이동 모델의 가장 큰 약점은 배출량 정보다. 현재
기준으로 사용하는 중국 배출량은 2010년 자료에 기반
을 둔 것이다. 국립환경과학원 장임석 대기질통합예보
센터장은 《한겨레》와의 인터뷰에서 "2013년 이후 5년
동안 중국이 미세먼지 배출을 30~40퍼센트 줄였다지
만 최신 자료가 공개되지 않아 쓰지 못하고 있다"고 고
백했다.*

　중국이 실제 미세먼지 양이 줄어들지 않아서 자료
은폐라도 하고 있기 때문일까? 중국 편을 들 이유가
없는 미국 연구 기관의 발표를 보자. 2018년 3월, 미
국 시카고대학교 에너지정책연구소(EPIC)는 2013년
~2017년 중국 전역 200개 소의 공기 모니터링 데이터
를 분석한 결과, 초미세먼지(PM 2.5) 농도가 평균 32퍼
센트 감소했다고 평가했다.**

*　'미세먼지 중국 영향 얼마나 되나', 《한겨레》, 2019. 2. 16.
**　Micheal Greenstone · Patrick Schwarz, "Is China Winning its War on Pol-
　　lution?", *EPIC(Energy Policy Institute at the University of Chicago)*, 2018.

2018년 10월, 영국 리즈대학교 연구 팀이 발표한 결과도 비슷하다. 이들이 2015년 1월부터 2017년 12월까지 중국, 홍콩, 타이완 등에서 관측한 대기오염 물질 농도를 확인한 결과, PM 2.5 농도가 크게 줄었다. 중국 전체를 평균해서 볼 때, PM 2.5 농도는 매년 7.2퍼센트씩 감소했다. 특히 베이징에서는 매년 14.4퍼센트씩 농도가 떨어졌다.*

중국 정부의 발표도 똑같다. 중국 정부의 발표를 보면, 중국 산둥반도의 미세먼지 농도도 2013년부터 2017년까지 약 40퍼센트 가까이 줄었다. 만약 환경부 발표대로 외부 요인이 "평균 30~50퍼센트", "고농도 시 60~80퍼센트"라면 산둥반도를 비롯한 중국의 미세먼지 농도가 줄어드는 추세에 맞춰서 같은 기간 한반도의 미세먼지도 눈에 띄게 줄어야 마땅했다.

* Ben Silver·Carly Reddington·Stephen Arnold·Dominick V Spracklen, "Substantial changes in air pollution across China during 2015 to 2017", *Environmental Research Letters*, 2018.

앞에서 살펴봤듯이, 이 기간 동안 서울을 비롯한 한반도 미세먼지는 오히려 늘거나 제자리걸음이다. 이런 사실이 가리키는 바는 명백하다. 국립환경과학원이 의존해온 미세먼지 이동 모델은 최신 데이터를 반영하지 못한 탓에 한계가 또렷하고, 그 결과 환경부의 정책 근거가 되는 모델은 현실을 반영하지 못하고 있는 것이다.

지금 한국 정부가 가장 기대하는 연구는 나사(NASA)와 공동으로 진행 중인 '한미 대기질 합동 연구(KORUS-AQ)'다. 2017년 7월 발표한 중간 보고서인 「KORUS-AQ 예비 종합 보고서」를 보면, 2016년 5월 2일부터 6월 12일까지 서울시 송파구 방이동 올림픽공원에서 측정한 미세먼지에서 국내와 외부 요인 비중은 52 대 48로 각각 절반 정도였다.

그중 외부 항목을 살펴보면 산둥반도 22퍼센트, 베이징 7퍼센트, 상하이 5퍼센트 등 중국이 약 34퍼센트를 차지했다. 이 밖에 북한이 9퍼센트, 일본을 비롯한 기타 지역이 5퍼센트를 차지했다. 5월~6월의 서울 미세먼지에서 중국의 오염 물질 기여도가 대략 3분의 1 수준이라는 사실을 밝힌 연구였다. 중국만큼이나 북한의 오염 물질 비중이 큰 것도 의미심장했다.

하지만 나사와의 합동 연구에서 미세먼지의 외부 요인보다 더욱더 중요하게 강조된 대목은 국내 오염 물질이었다. 2차 생성 미세먼지는 경유차 배기가스 등에서 배출하는 질소산화물, 휘발성 유기화합물, 암모니아 등 해당 지역의 오염 물질이 더 큰 영향을 미친다는 것을 확인한 연구였다.

또 충청남도 지역 석탄화력발전소 등에서 나온 미세먼지가 남서풍을 타고 수도권 남부 지역에 나쁜 영향을 준다는 사실도 밝혀냈다. 2017년 6월, 노후 석탄화력발전소 가동을 중단하자 충남 지역의 미세먼지 오염도가 예년에 비해 평균 15.4퍼센트가 줄었다. 이 연구를 바탕으로 생각해보면 분명히 수도권 남부 지역의 미세먼지를 줄이는 데도 기여했을 것이다.

한미 대기질 합동 연구와 함께 살펴볼 또 다른 연구가 있다. 경희대학교 김동술 교수(환경공학)가 2013년부터 2014년까지 서울 은평구 수도권대기오염집중측정소에서 수집한 초미세먼지(PM 2.5) 데이터 1만 2,376건을 분석해 배출원을 추적한 결과다.* 이 연구 결과를 보면, 중국을 비롯한 외부 영향이 26.89퍼센트로 계산됐다.

차량 배기가스 22.56퍼센트, 석탄 연소 9.61퍼센트, 폐기물 소각 8.03퍼센트, 질소산화물이 공기 중에서 반응해 미세먼지가 된 2차 질산염 6.15퍼센트, 바이오매

* Park MB.·Lee TJ.·Lee ES.·Kim DS.,"Enhancing source identification of hourly PM2.5 data in Seoul based on a dataset segmentation scheme by positive matrix factorization(PMF)", *Atmospheric Pollution Research*, 2019.

스(생물성) 연소 5.34퍼센트 등이 뒤를 이었다. 이 밖에 기름 연소 3.8퍼센트, 브레이크와 타이어 마모 3.12퍼센트, 산업체 2.2퍼센트, 도로 비산먼지 2.05퍼센트 등의 원인도 있었다. 해염 5.34퍼센트, 황사(토양) 2.38퍼센트도 눈에 띈다.

김동술의 연구는 두 가지 면에서 의미심장하다. 미세먼지 이동 모델과 수집한 미세먼지 배출원을 추적한 연구는 서로 다른 방법을 사용해도 결과는 비슷해야 한다. 하지만 한미 대기질 합동 연구와 김동술의 연구는 상당한 차이가 있다. 여전히 갈 길이 먼 것이다. 서로 다른 방법을 사용한 두 연구 가운데 어느 쪽이 사실을 가리키는지 앞으로 주목해야 할 부분이다.

김동술의 연구 결과에서 배출원의 세부 리스트도 중요하다. 차량 배기가스, 2차 질산염, 브레이크와 타이어 마모, 도로 비산먼지 등 33.88퍼센트는 모두 경유차를 비롯한 자동차 운행과 직접적인 관계가 있다. 이런 연구는 미세먼지 배출에 자동차의 영향이 생각보다 훨씬 클 수도 있음을 말해준다.

공교롭게도 서울과 수도권의 미세먼지 농도가 늘어난 때인 2013년 이후는 국내에서 경유차가 늘어난 때와 겹친다. 경유차는 2012년 700만 2,000대에서 2018년 992만 9,000대로 국내 총 차량 수 대비 37.11퍼센트에서 42.80퍼센트로 계속해서 늘었다. 심지어 미세먼지로 그 난리를 치던 2019년 3월에는 경유차가 1,000만 대를 돌파했다.

더구나 전국 경유차의 40퍼센트 정도는 수도권에 있다. 2019년 1월의 등록 경유차 대수는 997만 210대로 전체 차량의 42.83퍼센트를 차지하는데, 그중 42.59퍼센트인 424만 6,994대는 서울, 인천, 경기 수도권에 모여 있다. 2017년 1월부터 2019년 1월까지 2년간 늘어난 등록 경유차 74만 9,622대 가운데 '비사업용(!)' 승용차와 승합차가 54만 6,168대로 72퍼센트를 차지하는 것도 의미심장하다.

환경부도 (2014년 기준) 수도권의 초미세먼지(PM 2.5) 배출량에서 경유차가 차지하는 비중을 26퍼센트로 1위로 지목했다. (수도권의 2위 배출원은 건설 기계와 선박으로 16퍼센트다.) 전국의 경우 사업장(38퍼센트), 건설 기계와 선박(16퍼센트), 발전소(15퍼센트) 뒤에 경유차(11퍼센트)가 있는 것과 비교된다. 어쩌면 수도권 미세먼지에 경유차는 가장 중요한 변수일 수 있다!

미세먼지,
현실적으로 다시 보자

요약하자. 미세먼지가 중국 탓이라는 근거로 제시되는 대부분의 통념은 대기과학의 상식을 염두에 뒀을 때 틀렸다. 강렬한 인상을 남겼던 이미지는 대부분 부실한 근거의 시뮬레이션을 시각화한 것일 뿐이다. 인공위성 사진은 항공 관측이나 지상 관측 등과의 상호 보완이 필수고, 대부분의 과학자도 그런 사실을 인정한다. 나사와의 한미 대기질 합동 연구도 이런 식으로 진행됐다.

환경부 산하 국립환경과학원의 미세먼지 이동 모델은 10년 전 중국 미세먼지 배출량에 의존하고 있어서 현실을 반영하지 못한다. 중국은 2013년부터 30~40퍼센트 정도 미세먼지 배출량을 줄였다. 따로 언급하지 않았지만, 미세먼지 이동 모델에 이용되고 있는 국내 배출량은 2014년 기준이다. 그 이후에 국내 배출량은 늘었다. 실제보다 중국은 많은 양, 한국은 적은 양으로 시뮬레이션을 한 것이다.

미세먼지 이동을 둘러싼 신뢰할 만한 연구는 극히 적다. 몇몇 신뢰할 만한 연구도 미세먼지의 외부 원인의 비중을 약 30~50퍼센트로 광범위하게 지목하고 있어서 그 차이가 크다. 미세먼지의 배출원과 국가 간 이동을 정확히 살피는 일이 얼마나 어려운지 보여주는 대목이다. 앞으로 연구가 쌓이더라도 이 대목은 명확히 해소되지 않은 채 불확실한 영역으로 남을 가능성도 있다.*

* 2019년 11월 20일, 국립환경과학원은 한중일 3국의 연구 결과를 토대로 '동북아 장거리 이동 대기오염 물질 국제 공동 연구(LTP)'의 요약 보고서를 발간했다. 이 연구에서 중국 대기오염 물질이

수도권에서 경유차와 미세먼지 관계를 짚은 연구는 좀 더 파고들 필요가 있다. 경유차 배기가스에 섞여서 나오는 질소산화물이 2차 미세먼지의 원인이 된다는 사실, 수도권 미세먼지 배출량에서 경유차가 차지하는 높은 비중, 경유차가 늘어나기 시작한 2013년 이후부터 국내 미세먼지 감소 추세가 주춤하고 오히려 늘어난 시점이 겹치는 상황 등을 함께 고려해야 한다.

한국 3개 도시(서울, 대전, 부산)의 미세먼지(PM2.5)에 미치는 영향은 연평균 32퍼센트로 파악됐다.

이번 연구는 비교적 최신 데이터(2000년~2017년)를 활용한 공동연구라는 데 의미가 있다. 하지만 여전히 중국과 한국-일본이 다른 시뮬레이션 모델을 사용하는 등의 한계가 있다. 즉, 이번 연구도 동북아 대기오염 물질의 장거리 이동의 실체를 파악하는 첫걸음을 뗀 정도의 의미가 있다.

강조되어야 할 대목은 서울, 대전, 부산의 미세먼지 발생 요인을 분석한 결과 자체 기여율이 연평균 51퍼센트나 된다는 것이고 다행스러운 일은 한중일 세 나라 모두 황산화물, 질소산화물, PM2.5 농도가 감소했다는 것이다. 특히, 지난해 PM2.5 연평균 농도는 2015년 대비 한국은 12퍼센트, 중국은 22퍼센트나 줄었다. 중국이 한국의 약 두 배의 PM2.5 농도를 줄였음에 주목하자.

마지막으로 한 가지만 덧붙이고 글을 마무리하자. 미세먼지(PM 10) 측정을 시작한 1995년 연평균 $78\mu g/m^3$이던 서울의 미세먼지 농도는 2012년 $41\mu g/m^3$까지 떨어졌다. 미세먼지 농도가 거의 절반 가까이 줄어든 셈이다. 그러니까, 왠지 아름다운 시절로 생각되는 '응답하라 1994' 때만 해도 서울의 공기는 공해로 유명한 멕시코시티 수준이었다.

특히 눈여겨봐야 할 것이 있다. 이렇게 서울의 미세먼지 농도가 줄어든 기간(1995년~2012년)은 중국의 산업화 기간과 겹친다. 즉, 중국이 과거와는 비교할 수 없을 정도로 많은 미세먼지를 비롯한 대기오염 물질을 배출하는 동안 오히려 서울을 포함한 우리나라는 미세먼지를 줄이는 데 성공한 것이다.

이렇게 과거 서울의 미세먼지 농도가 줄어든 데에서 우리는 한 가지 교훈을 얻을 수 있다. 미세먼지 같은 대기오염 물질은 우리가 어떻게 행동하느냐에 따라 줄일 수 있다. 만약 지금 미세먼지를 배출하는 석탄화력발전소를 줄이고, 미세먼지의 직간접 원인이 되는 배기가스를 배출하는 자동차 수를 적절히 관리한다면 20년 후에는 좀 더 깨끗한 공기를 마실 수 있다.

이 대목에서 답답한 상황을 마주하게 된다. 미세먼지가 심할 때마다 중국을 욕해봤자 현실은 변하는 게 없다. 미세먼지의 상당량이 중국에서 온 것인지도 불확실할 뿐만 아니라, 설사 사실이라고 하더라도 중국과 한국의 국력 차이를 봤을 때 한국이 미세먼지를 비롯한 중국의 오염 물질 양을 줄이도록 강제할 방법은 사실상 없다.

중국 경제와 한국 경제가 어느 정도 동조화(커플링)된 현실을 염두에 두면 더욱더 그렇다. 중국의 발전소나 공장 가동이 멈추면 곧바로 한국 경제에 적신호가 온다. 미국과 중국의 무역 전쟁이 시작되자 한국 경제가 타격을 입는 모습을 보라. 중국의 발전소나 공장이 멈춰 설 때, 과연 한국 시민 대다수가 반기기만 할 수 있겠는가.

앞으로 더 중요해질 또 다른 변수도 있다. 앞에서 인용한 국립환경과학원 장임석 대기질통합예보센터장은 언론과의 인터뷰에서 중요한 말을 덧붙였다. "동북아의 대기 흐름이 느려지고 기후변화도 있어 국외 비중이 줄어들 것이라는 예측도 있다." 장임석은 앞으로 미세먼지를 둘러싼 사정을 좌지우지할 중요한 열쇳말을 언급하고 있다. 바로 기후변화!

동북아시아 대기 정체와 기후변화의 관계를 짚는 연구가 계속해서 늘어나고 있다. 기후변화의 효과로 대기 정체가 늘어난다면 미세먼지 같은 오염 물질이 쌓이는 날이 더욱 늘어날 것이다. 이때는 "대기 흐름이 느려지니" 외부 오염 물질보다는 애초 그 장소에서 나온 국내 오염 물질이 더 중요하다. 인류의 가장 중요한 환경문제가 미세먼지를 악화한다.

이런 상황에서 유일한 해법은 한국의 미세먼지를 줄이는 것이다. 국산 오염 물질의 양이 줄어든다면, 설사 중국을 비롯한 외부에서 미세먼지가 날아와도 '매우 나쁨'이 아니라 '나쁨' 수준에서 미세먼지 농도를 조절할 수 있다. 하지만 너도 나도 중국 탓만 하면서 정작 이런 노력은 안중에 없다.

중국과도 비교되는 대목이다. '민주' 정부라고 할 수 없는 중국은 정부 차원에서 일사불란하게 오염 물질을 줄이는 정책을 시행 중이다. 시진핑 정부가 경제성장뿐만 아니라 '삶의 질' 개선을 강조하면서 나타난 효과다. 그 결과, 앞에서 살폈듯이 지난 수년간 중국 내 오염 물질 배출량 감소라는 개선이 나타났다.

나는 민주주의를 누구보다 지지한다. 하지만 때로는 민주주의, 좀 더 정확히 말하면 현재의 대의민주주의가 환경오염 같은 문제를 해결하는 데에 아주 무력하다는 걸 인정할 수밖에 없다. 매번 미세먼지 때문에 고통을 겪으면서도 고작 할 수 있는 일이 '중국 탓' 타령에 불과한 대한민국의 현실은 그 단적인 예다. 지금부터라도 달라져야 한다.

교통·에너지·환경세를 아세요?

·

김상철

김상철

공공교통네트워크(준) 정책위원장

공공교통네트워크는 전국의 지하철과 철도, 그리고 버스를 운영하는 노동자들과 교통 문제에 관심이 있는 연구 단체와 시민 단체 그리고 장애인 당사자 단체가 함께하는 연대 단체이다. 단순히 대량으로 이동한다는 의미의 대중교통을 넘어서 교통이 인간의 삶과 지구의 환경에 도움이 되는 공공 교통으로 전환하는 것을 목표로 한다.

그동안 버스 준공영제, 민자 경전철·교통카드의 문제에 대해 연구하고 대안을 제시해왔으며 최근에는 도로와 자가용 중심의 교통 체계를 바꿀 수 있는 대안을 모색하며 '교통 기본권'을 중심으로 하는 '교통 기본법' 제정을 위한 연구 모임과 공공 교통 문제를 시민들과 함께 고민할 수 있는 '찾아가는 공공 교통 강좌 사업'을 진행하고 있다. 이 과정에서 현재의 지나친 도로 중심의 교통 재정 구조를 바꿔 공공 교통을 위한 재원으로 사용할 수 있는 방안으로 교통세 대안 문제를 고민하고 있다.

『미세먼지 클리어』에서는 국내 미세먼지 문제 해결을 위한 재정인 '교통·에너지·환경세'를 소개하고, 더욱 효과적인 문제 해결을 위한 조세 개편 방안을 제시한다.

우리 모두는 직접적으로든 간접적으로든 세금을 내고 있다. 이렇게 세금을 통해서 조성된 돈을 재정이라고 부르는데, 현대 국가는 대부분 국가의 일을 재정을 통해서 해결하기 때문에 재정국가라는 특징을 가지고 있다. 재정은 사회 구성원이 중요하다고 생각하는 문제를 스스로 해결할 수 없을 때 필요해진다. 이를테면 교육을 위해 학교를 지어야 하는데 모든 사람이 각자 학교를 지을 수는 없기 때문에, 세금을 통해 조성된 재정으로 학교를 세우게 된다. 우리가 지금 살펴보려는 '미세먼지 문제' 역시 개개인이 알아서 해결할 수 없다. 공기 중에 쌓이는 걸 어디서부터 어디는 누가 책임진다는 식으로 나눌 수 없으니 우리가 한데 모은 재정을 활용해서 함께 문제를 해결해야 한다.

그러면 미세먼지를 해결하는 데 필요한 돈은 어떻게 마련할 수 있을까. 바로 이 질문이 이번 장에서 고민해 볼 내용이다. 앞서 살펴보았듯이 미세먼지가 발생하는 데는 다양한 원인이 있지만 특히 화석연료, 즉 석유를 태워서 발생하는 문제가 가장 심각하다는 것에는 큰 이견이 없다. 미세먼지가 석유를 태워서 발생하는 문제라면 그 문제 해결에 쓰일 세금 역시 석유를 태우는 데 부과하는 것이 적절할 것이다. 외국에서는 환경세, 탄소세로 부과하는 세금들이 모두 에너지전환이나 기후 위기를 막기 위한 중요한 재원이 된다. 한국에도 석유에 붙이는 세금들이 있는데, 이 중 환경문제를 목적으로 붙이는 세금이 있다. 바로 '교통·에너지·환경세'라는 다소 길고 복잡한 이름의 세금이다. 사용처가 정

라이언 내 곁에 있어줘

2019 북이십일 도서목록

- 홈페이지 www.book21.com
- 도서 구입 문의 031-955-2100
- 저자 강연 문의 031-955-2723

라이언,
내 곁에 있어줘

arte

전승환 지음 | 값 15,300원

2019년 라이언이 주는
가장 확실한 행복 #라확행

출간 즉시 베스트셀러!

"내가 좋아하는 이야기부터 하나씩 시작해볼게.
이젠 나를 읽어줘."

책을 지키려는 고양이

나쓰카와 소스케 장편소설 | 이선희 옮김 | 값 14,000원

책을 좋아하는 모든 이에게 묻는다.
"책이 정말 세상을 바꿀 수 있다고 생각해?"

이 세상의 책을 구하러 떠난 한 사람과 한 마리의 기묘한 모험!
"나는 고양이 얼룩이야. 책의 미궁에 온 걸 환영한다."

너는 기억 못하겠지만

후지마루 장편소설 | 김은모 옮김 | 값 14,000원

"우리가 처음 만난 게 맞을까?
너를 알 것 같은 기분이 들어."
일본 20만 부 판매 돌파, 화제의 베스트셀러!

죽은 사람의 미련을 풀어주고 저세상으로 인도하는
시급 300엔의 사신 아르바이트생 이야기

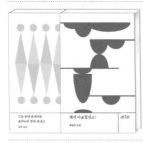

가볍게 지니지만 무겁게 나누며
오래 기억될 소설

아르테 한국 소설선 '작은책'

인터내셔널의 밤 | 박솔뫼 소설 | 값 10,000원
안락 | 은모든 소설 | 값 10,000원
모든 곳에 존재하는 로마니의 황제 퀴에크 |
김솔 소설 | 값 10,000원
해피 아포칼립스! | 백민석 소설 | 값 10,000원

곰탕 1, 2

김영탁 장편소설 | 각 값 13,000원

<헬로우 고스트><슬로우비디오>
영화감독 김영탁 장편소설

가까운 미래에 시간 여행이 가능해진다.
가장 돌아가고 싶은 그때로의 여행이 시작
되었다. '카카오페이지 50만 독자가 열광
한 바로 그 소설'

해지지 않은 일반세와는 달리 사용 목적이 분명히 정해져 있어서 목적세라고 불린다. 이 '교통·에너지·환경세'에 대해 자세히 살펴보자.

'환경세'가 아닌
'교통·에너지·환경세'

원래 우리나라의 교통·에너지·환경세는 교통세라는 단일 목적세였다. 1980년대를 거치면서 급격하게 산업 규모가 커지고 고도화됨에 따라 물류 비용에 대한 부담이 커지게 되었다. 또 다양한 신도시 개발이나 기존 도시에서 신도심 개발 등이 붐처럼 일어나자 도로 등의 교통 인프라 수요가 많아진 것이다. 원래 매년 계획을 수립하고 그에 맞춰 조금씩 확장해야 하는데 이를 급격하게 도입하려고 별도의 세원을 마련한 것이 교통세다. 도로 같은 교통 인프라는 중앙정부에서도 사업부처마다 다 다르게 집행하고 있었다. 각 지방정부들도 도로를 짓고 자금이 부족하면 중앙정부로부터 국비를 마련하여 도로를 짓는 일이 만연해졌다(지금이라고 크게 다르지는 않다). 교통세를 만들어서 교통 인프라 투자에 대한 재원을 하나로 모으고 좀 더 종합적인 관점에서 돈을 쓰겠다는 의도였으니 그 자체로는 필요한 일이었다. 그래도 목적세는, 한꺼번에 걷어서 우선순위에 따라 배분하는 절차를 거치는 재정에서 일정 부분 사전에 따로 떼어서 사용하는 셈이기 때문에, 목적세가 많아지면 그 외에 필요한 부분에 사용할 재정이 줄어들게 되는 부작용이 있다. 또한 목적세는 사업 목적을 달성하면 일반세로 본예산에 흡수되는 것이 원칙이기 때문에 종료 시점이 있다. 1994년에 도입된 교통세가 당초 딱 10년만 징수하자고 만들어진 이유가 여기에 있다. 그야말로 당시에 부족한 교통 인프라만 집중적으로 확보하고 교통세를 폐지해 소비세에 통합할 계획이었다.

사실 해외의 사례에서 보면 교통세, 환경세 같은 목적세는 낯선 세금이 아니다. 오히려 조세 제도가 발달한 상당수의 국가에서 교통세나 환경세는 일반적인 조세정책이다. 그런데 이것들은 한국의 교통세와는 근본적으로 취지가 다르다. 외국의 경우 교통세는 교통 인프라 투자뿐만 아니라 대중교통을 이용하는 시민들의 요금 보조를 위한 재원으로도 사용해 지하철이나 버스가 적자를 보더라도 낮은 요금을 유지하면서 운영할 수 있게 한다. 그런데 한국은 이런 대중교통 지원에 대한 부담을 지하철과 버스를 운영하는 지방정부에 떠넘기는 형태다. 환경세도 비슷하다. 환경세나 에너지세가 에너지전환이나 미세먼지 해결 등 환경오염 저감을 위해 사용되어야 하지만 사실상 그렇게 사용하는 비중은 매우 낮다.

교통세를 딱 10년만 유지하도록 정했으니 2003년 12월에는 폐지되었어야 했다. 그런데 엉뚱하게도 폐지일이 다가오자 2006년 12월까지로 폐지 시한을 연장

한다. 그리고 다시 폐지 시한이 다가오자 기존의 교통세를 교통·에너지·환경세로 바꾸고 2009년 12월까지 존속시키기로 한다. 사라질 예정이던 교통세가 기묘하게 좀비처럼 살아남게 된 셈이다. 1994년 3조 원 규모였던 교통세는 2000년에 9조 원으로 크게 늘어났고, '교통·에너지·환경세'로 바뀐 2006년까지 10조 원에 가까운 규모를 보였고 최근엔 15조를 넘을 정도로 커졌다. 전체 조세 구조 내에서도 상당한 규모다. 2017년 기준으로 총 수납된 재정 규모는 359조 원 정도인데 이중 세금으로 조성된 돈이 265조 원 정도다. 여기서 관세 등을 빼고 내국세만 보면 230조 정도가 한국의 시민들이 내는 세금인데 이 중 교통·에너지·환경세는 소득세, 부가가치세, 법인세에 이어서 네 번째로 큰 규모다.

	2016 최종 예산	2016 수납액	2017 최종 예산	2017 수납액	5년간 수납액 변화율
전체 회계	3,419,467	3,449,961	3,498,988	3,595,294	27.30%
총 조세	2,327,390	2,425,617	2,510,766	2,653,849	30.70%
내국세	1,997,335	2,094,013	2,164,352	2,308,036	35.90%
소득세	633,028	684,970	695,793	750,658	64.00%
법인세	513,768	521,154	572,678	591,766	28.80%
상속세	52,301	53,501	60,262	67,852	68.80%
부가가치세	597,657	618,282	625,598	670,870	20.50%
개별소비세	86,498	88,813	90,103	98,608	84.80%
주세	32,921	32,087	33,338	30,346	-1.20%
증권거래세	37,955	44,681	40,174	45,083	22.50%
기타내국세	35,076	41,467	37,566	43,896	-23.90%
교통 에너지 환경세	148,414	153,030	153,782	155,526	12.60%

주요 세금 유형별 규모(단위: 백만 원)

교통 · 에너지 · 환경세를 아세요?

이런 막대한 규모의 세금이 가급적 대중교통을 이용하는 사람들을 위해서, 혹은 기후 위기에 대비하거나 에너지 빈곤층을 위한 재원으로 사용되었으면 얼마나 좋을까. 하지만 그렇지가 않다. 오히려 더 많은 교통 시설을 짓는 데 사용된다. 그 재원 분배 과정은 마치 하나의 주머니 안에 또 다른 주머니를 만들어놓는 방식으로 이루어지는데, 회계적으로 이를 '계정'이라고 부른다. 예를 들어 우리가 월급의 10퍼센트를 떼서 이를 여행비로 모은다면, 이를 여행비 '특별회계'라고 부를 수 있다. 독립적인 수입 구조(월급의 10퍼센트)를 가지고 사용할 데를 정해놓았기 때문에 보통의 월급 통장과는 다르다. 그런데 모아놓은 여행비 중에서 일정 부분은 여행에 필요한 옷을 사기로 했다. 같은 수입원 내에서 세부 사용처를 구분하는 것이다. 이를 여행 옷 '계정'이라고 부를 수 있다.

교통세에서 시작한 교통·에너지·환경세가 어떤 식으로 계정을 만들어서 사용했는지를 보면 이 돈을 왜 좀 더 미래를 위해 사용하지 못했는지를 알 수 있다. 앞서 말했듯, 교통세는 1993년 12월에 '도로 등 교통시설특별회계법'을 새롭게 제정하면서 시작된다. 그리고 1995년 12월 법명을 '교통시설특별회계법'으로 바꾸고 도로·철도·공항 및 항만의 교통 시설별로 투자의 안정성을 확보하고, 회계 운용의 효율성을 제고하기 위하여 교통세의 계정 간 배분 비율을 당시 건설교통부령으로 정하도록 했다. 이때부터 지금까지 교통시설특별회계는 건설교통부에 이어 국토교통부의 쌈짓돈처럼 변했다. 알다시피 대통령령이라면 국무회의를 통해서 조정이 되지만, 국토교통부령을 통해서 결정하면 당연히 주무부서인 국토교통부 장관의 영향력이 가장 크기 때문이다. 사실상 서열 정리를 해준 셈이다.

그러다 1997년 4월 '대도시권광역교통관리에 관한 특별법'이 만들어지면서 광역교통 인프라에 대한 재원이 필요해지자 기존의 교통시설특별회계 내에 광역교통시설계정이라는 별도의 주머니를 만들게 된다. 명목상으로는 광역 도로, 광역 전철 및 기타 광역 교통 시설의 건설 및 개선에 사용된다고 하지만 사실상 주로 고속도로를 짓는 비용으로 사용된다. 신도시 내에 필요한 대중교통 시설, 그러니까 지하철이나 일반 도로는 신도시에 입주하는 주민들이 내는 교통분담금으로 마련하는 것이 일반적이다. 이후 2005년 7월 도시철도계정을 대중교통계정으로 변경하여 기존의 도시철도 외에 버스 등을 포함한 대중교통의 육성·지원을 위한 안정적인 재정 지원의 기반을 마련했지만 금방 사라지고 만다. 도시철도나 버스 등 대중교통에 대한 운영 책임을 지방정부로 떠넘겼기 때문이다. 교통세를 교통·에너지·환경세로 바꾸면서 교통·에너지·환경세의 교통시설특별회계로의 전입 비율은 85.8퍼센트에서 80퍼센트로 줄어든다. 그래도 전체 세금 수입 중 80퍼센트는 교통시설특별회계로 가져가게 되었고, 이 중 환경개선특별회계 15퍼센트, 지역발전특별회계 2퍼센트, 에너지 및 자원사업특별회계 3퍼센트로 나누었던 것을 2013년에 다시 법을 개정하여 에너지 및 자원사업특별회계로 가던 재원을 일반회계로 돌렸다.

1994~2000	2001~2006
교통시설특별회계(100)	교통시설특별회계(85.8) 지방양여금관리특별회계 등 (14.2)

2014~현재	2007~2013
교통시설특별회계(80)	교통시설특별회계(80)
환경개선특별회계(15)	환경개선특별회계(15)
지역발전특별회계(2)	지역발전특별회계(2)
일반회계(3)	에너지및자원사업특별회계(3)

교통·에너지·환경세의 재원 배분 연혁(단위: 퍼센트)

부족한 교통 인프라를 공급하기 위해 한시적으로 교통시설특별회계 마련을 위한 교통세를 만들었는데, 이를 교통·에너지·환경세라고 이름을 바꾸고 이리저리 재원을 나눠 갖는 방식으로 바꾼 것이다. 이런 과정이 정상적인 것은 아니다. 왜냐하면 이 과정은 2003년에 사라졌어야 했던 교통시설특별회계를 살려놓기 위한 편법에 가깝기 때문이다. 특히 교통시설특별회계가 절대적으로 의존하는 교통·에너지·환경세가 사실상 2010년 1월 1일부터 폐지되었다는 사실을 기억할 필요가 있다.

법상 교통시설특별회계(회계법)와 교통·에너지·환경세(세법)는 별도의 법에 근거를 두고 있기 때문에 교통·에너지·환경세가 폐지되더라도 반드시 교통시설특별회계가 사라진다고 볼 수는 없다. 하지만 교통시설특별회계 수입의 72퍼센트(2018년 기준)를 차지하는 세금이 사라지면 당장 교통시설특별회계가 곤란해지는 것은 불 보듯 뻔하다. 그런데도 2010년 폐지된 교통·에너지·환경세가 '죽는 것을 연장'한다. 이런 상황은 전례가 없는, 아주 특수한 상황이다. 그것도 최근 2018년까지 네 차례나 폐지를 연장하는데, 이 과정에서 정부도 국회도 크게 이견이 없었다. 왜 그랬을까? 누구보다 이런 문제점을 잘 알고 있는 정부와 국회가 무엇 때문에 교통·에너지·환경세를 억지로 살려놓는 걸까? 그것은 교통시설특별회계가 어디에 사용되고 있는지를 통해서 확인할 수 있다.

	법안 통과 연도	폐지 시점
폐지 법률안 통과	2009년	2010년 1월 1일
1차 연장	2009년	2013년 1월 1일
2차 연장	2012년	2016년 1월 1일
3차 연장	2015년	2019년 1월 1일
4차 연장	2018년	2022년 1월 1일

교통·에너지·환경세 폐지 연도 연장

교통·에너지·환경세를 아세요?

이상한 구조,
더 이상한 배분

교통·에너지·환경세는 목적세이기 때문에 이를 통해 징수된 재원은 정해놓은 특정 목적에만 지출해야 한다. 그러나 교통·에너지·환경세법 내에는 자금의 용처가 구체적으로 명시되어 있지 않다. 다만 대략적으로 교통 시설, 대중교통 그리고 에너지 관련 사업과 환경 사업의 재원에 쓰일 수 있다고 포괄적으로 정해놓고 있다.

더 정확하게 말하면 '교통·에너지·환경세법'에 세금의 용처가 정해져 있는 것이 아니라 다른 법에 정해져 있다. 앞서 살펴본 대로 '교통시설특별회계법'에 따라 교통·에너지·환경세는 국토교통부가 관할하는 교통시설특별회계에 80퍼센트, 환경부가 관할하는 환경개선특별회계에 15퍼센트, 그리고 국가균형발전특별회계에 2퍼센트, 과거 산업자원부 관할의 에너지자원개발특별회계에 나머지 3퍼센트를 사용하기도 하였으나 현재는 일반회계에 전입하는 방식이다. 이런 구조는 여타의 세금을 다루고 있는 법률과 비교해도 상당히 이상한 구조라고 할 수 있는데, 그만큼 해당 재원이 목적세로서의 '목적'이 불분명하다는 것을 보여준다.

교통 · 에너지 · 환경세를 아세요?

여기서는 교통·에너지·환경세의 80퍼센트나 가져가는 교통시설특별회계에 집중해서 살펴볼 필요가 있다. 왜냐하면 이토록 이상한 세금이 여전히 남아 있는 이유가 바로 교통시설특별회계에 있기 때문이다.

'교통시설특별회계법' 제8조에 따라 교통·에너지·환경세의 80퍼센트는 교통시설특별회계에 우선적으로 배분되게 된다. 이것은 전체 교통시설특별회계의 70퍼센트를 넘는 구조다. 그런데 자세히 보면 표현이 재밌다. 교통·에너지·환경세의 80퍼센트를 전입한다는 것이 아니라 그에 '해당하는 금액'을 전입한다고 되어 있다. 이건 '교통·에너지·환경세법'에서 구체적인 용도를 정하지 않았기 때문이다. 세금과 관련해서는 누구에게, 어떻게 걷어서 그에 맞게 어디로 지출한다는 것이 수미일관하게 드러나야 한다. 하지만 세금을 걷는 목적과 사용이 불일치할 경우에는 '왜 그 세금을 그렇게 사용하는가'라는 질문에 답해야 한다. 그에 해당하는 것이 바로 교통시설특별회계다. 그러니 명목상으로 교통시설특별회계는 교통·에너지·환경세에서 직접 들어오는 돈이 아니다. 그 정도에 해당하는 돈을 받을 뿐이다.

문제는 이런 이상한 구조가 구체적인 재원의 배분 기준에까지 이어진다는 데 있다. 세금의 징수와 예산의 집행은 모두 헌법에 의해 '법률'로 정하도록 하고 있다. 이것은 궁극적으로 국민의 돈인 재정이 적어도 국민들의 대표 기관인 국회를 통해서 사용처가 결정되어야 한다는 취지이다. 그런데 교통시설특별회계의 배분은 이상하게도 국회에서 정하는 법률에 의하지 않는다. 교통시설특별회계에 배분된 내역은 '교통시설특별회계법' 시행규칙에 따라 사용처가 정해져 있는데 국회의 의결과 상관없이 국토교통부가 '교통시설특별회계법' 시행규칙에 따라 자의적으로 정한 배분 비율에 따라 분배되는 것이다.

교통시설특별회계법

제8조(일반회계로부터의 전입) ① 정부는 회계연도마다 다음 각 호의 금액에 해당하는 세입 예산액을 일반회계로부터 이 회계에 전입하여야 한다.

1. 「교통·에너지·환경세법」에 따른 교통·에너지·환경세의 1천분의 800에 해당하는 금액(이하 "교통·에너지·환경세전입액"이라 한다.)
2. 「개별소비세법」에 따라 승용차에 부과하는 개별소비세액
3. 「관세법」에 따라 철도 또는 궤도용 외의 차량 및 그 부분품과 부속품에 부과하는 관세액

교통시설특별회계법 시행규칙

제2조(각 계정 간의 재원의 배분 기준 및 방법) ① 「교통시설특별회계법」 제9조 제1항에 따른 교통시설특별회계 각 계정 간의 재원의 배분은 다음 각 호의 비율(회계 각 계정의 총 합계액에 대한 비율을 말한다. 이하 같다.) 범위에서 매년 예산이 정하는 바에 따른다.

1. 도로계정: 1천분의 430 이상 490 이하
2. 철도계정: 1천분의 300 이상 360 이하
3. 공항계정: 1천분의 70 이하
4. 항만계정: 1천분의 70 이상 130 이하
5. 교통체계관리계정: 1천분의 100 이하

이런 식으로 교통·에너지·환경세의 80퍼센트에 해당하는 교통시설특별회계는 사용처가 정해져 있다. 거의 절반에 가까운 재원이 도로계정에 포함되어 새롭게 도로를 만들거나 혹은 정비하는 데 사용되도록 정해진 것이다. 이것도 1995년에 전체 67.5퍼센트가 사용되었던 것에 비하면 줄어든 것이지만 여전히 절반 정도의 재원이 도로 예산으로 사용되고 있다는 것을 보여준다. 도로계정이 줄어든 부분은 철도계정이 가져간다. KTX를 새롭게 만드는 재원은 여기에서 나온다.

이를 액수로 보면, 2014년에 전체 15조 원 정도였던 교통시설특별회계 중에서 8조 원이 도로계정에 배정되었다. 그리고 2015년에 9조 원, 2016년에 8조 원, 2017년에 7조 원, 2018년에 5조 원대로 낮아진다. 도로에 대한 수요가 낮아진 탓도 있지만, 더 이상 SOC 중심의 토건 사업으로는 한계가 있다는 사회적 인식이 점차 늘어났기 때문이다.

	1995년	1997년	2004년	2010년
도로계정	675	655	510~590	430~490
철도계정	182	182	140~200	300~360
공항계정	43	43	20~60	70 이하
광역교통시설계정	-	20	20~60	(교통체계관리계정) 100 이하
항만계정	-	-	100~140	70~130
수시 배분	100	100	-	100 이내에서 계정 사이 재배분

교통시설특별회계 내 분배 기준

구분		2014	2015	2016	2017	2018
계		15,386,660	17,635,713	15,931,105	16,124,704	18,247,036
계정	도로계정	8,168,090	9,210,734	8,021,508	7,216,907	5,721,667
	철도계정	5,157,021	6,377,491	5,857,724	5,906,824	3,552,398
	교통체계관리계정	678,456	805,096	356,454	284,307	476,274
	공항계정	253,746	132,420	305,731	629,250	724,418
	항만계정	1,129,347	1,109,972	1,389,688	1,486,726	1,393,985
	계정 소계	15,386,660	17,635,713	15,931,105	15,524,014	11,868,742
공공자금관리기금예탁		-	-	-	600,690	6,378,294

최근 5년간 교통시설특별회계의 세출 내역(단위: 백만 원)

반면 교통·에너지·환경세 15퍼센트가 분배되는 환경개선특별회계의 재원은 도로계정 예산에 비해 3분의 1 정도 수준에 불과하다. 액수로 보면 2015년에 4조 원 정도였던 것이 2017년에 3조 3,000억 원 정도로 줄어들고 2019년에는 3조 원으로 감소하고 있는 것으로 나타난다.

환경정책기본법

제48조(일반회계로부터의 전입) 회계는 세출 재원을 확보하기 위하여 예산으로 정하는 바에 따라 일반회계로부터 전입을 받을 수 있다.

부칙: 제4조의 2(일반회계로부터 환경개선특별회계로의 전입에 관한 경과조치) 제48조의 개정 규정에도 불구하고 교통·에너지·환경세 전입액과 관련하여서는 2021년 12월 31일까지는 다음 각 호에 따른다.

1. 정부는 회계연도마다 일반회계로부터 「교통·에너지·환경세법」에 따른 교통·에너지·환경세의 1천분의 150에 해당하는 금액(이하 이 조에서 "교통·에너지·환경세전입액"이라 한다)을 환경개선특별회계에 전입하여야 한다.

교통·에너지·환경세를 아세요?

이제는
다르게 쓰자

교통시설특별회계가 만들어지고 25년 가까이 흐르는 동안 교통 인프라에 투자된 재원만 200조 원이 넘는다. 각 지방정부나 다른 사업부처가 사용한 비용을 제외하고 순수하게 교통시설특별회계를 통해서 사용한 돈만 그 정도 수준이다. 그러다 보니 이제는 이런 교통 인프라를 유지·관리하는 비용이 기하급수적으로 늘어나고 있는 상황이다. 2019년 기준으로 보면 건설비가 5조 원 정도이고 유지·관리 비용이 5조 원 정도가 된다. 즉 이제는 짓는 것만큼의 유지·관리비가 사용되는 셈이다. 시간이 흘러 기존의 교통 인프라가 노후화되면 그것을 새롭게 정비하는 데 또 막대한 재원이 사용될 것이다.

문제는 이런 교통 인프라의 투자가 대부분 도로와 같은 자동차 중심의 교통 체계에 집중적으로 사용되었다는 점이다. 앞서 강조했지만 교통시설특별회계는 대부분 대중교통보다는 자가용 인프라를 위해서 사용되어왔다. 그 때문에 더 이상 도로를 지을 곳이 없을 정도로 도로가 깔려 있는 상태다. 이를 감추기 위해서 '보급된 자동차 대수당 도로 비율'이나 '인구 대비 도로 비율'을 근거로 도로가 상대적으로 적다고 말하지만, 도로는 자동차에 따르는 것이 아니라 도로를 깔 수 있는 국토의 용량에 따라야 한다. 즉 산악 지역을 제외하고 보면 한국은 국토 면적 대비 고속도로와 일반국도 연장에 있어서 세계 1, 2위를 점하고 있다.

이런 상황은 교통시설특별회계의 재정 구조에서도

확인된다. 실제로 2017년부터 교통시설특별회계에서 공공자금관리기금에 예탁하는 재원이 발생했다. 2017년에 6,000억 원 규모였던 것이 2018년에 6조 원에 달했다. 공공자금관리기금이라는 것은 정부가 국채를 발행하거나 이를 갚기 위해 여유 자금을 관리하는 돈을 의미한다. 즉 당장 사용하지 않는 이곳저곳의 돈들을 모아다가 관리하는 기금인데, 교통시설특별회계에서 이 기금으로 돈을 예탁했다는 것은 그만큼 교통시설특별회계가 분명한 사용처를 찾지 못했다는 뜻이다. 즉 돈이 남는다는 것이다. 결국 25년 가까이 교통 인프라의 공급만을 목적으로 운영해왔던 교통시설특별회계가 실질적으로도 그 역할을 다했다고 볼 수 있다.

이제 시민들이 교통시설특별회계로 사용되었던 세금을 어떻게 사용해야 할지 고민할 시점이다. 이를 다시 정부의 관료들에게 맡겨두면 반드시 사용처를 찾아낼 것이다. 하지만 휘발유나 경유에 부과하는 세금을 또다시 휘발유와 경유를 사용하는 자동차를 위한 도로에 사용하게 하는 것은 적절하지 않다. 오히려 그로 인해 이미 발생한 문제, 이를테면 미세먼지를 줄이는 사업과 같은 일에 집중적으로 사용할 방법을 찾아야 한다.

공공교통네트워크에서는 2019년 3월에 교통시설특별회계에 대한 분석 보고서를 발표하면서, 현행 '교통·에너지·환경세'를 교통세와 환경세로 분리할 것을 제안했다. 그리고 교통세는 현재와 같이 교통 인프라 투자에 사용하는 것이 아니라 각 지방정부들이 더 적극적인 대중교통 정책을 펼칠 수 있도록 하는 데 사용하자고 제안했다. 좀 더 많은 사람이 좀 더 편리하게 대중교통을 이용할 수 있게 된다면 자가용 이용을 줄일 수 있다. 이를 수요관리 정책이라고 부르는데 한국은 대중교통 활성화를 위한 수요관리 정책이 거의 없는 나라에 속한다. 그러다 보니 자가용 중심의 인프라 정책에 집중해왔던 것이다. 그런데 자가용 중심의 교통 정책으로는 지금 우리가 겪고 있는 미세먼지와 같은 환경문제를 해결하기 어렵다. 실제로 영국 런던이나 프랑스 파리 등 유럽의 도시들은 도시의 미세먼지 문제에 대응하기 위해 적극적인 대중교통 정책을 활용하고 있다. 이를 위해서 휘발유나 경유에 부과되는 세금을 적극적으로 활용하여 대중교통을 확충하는 한편 대중교통을 이용하는 시민들에게 저렴한 요금을 통해서 인센티브를 제공하고 있다. 그래서 일회용권을 기준으로는 다소 싼 편인 한국의 교통 요금이 30일 정기권을 중심으로 비교해보면 다른 나라에 비해 적게는 1.5배에서 많게는 4배 정도까지 비싸진다. 즉 유럽의 도시들은 정기적으로 대중교통을 이용하는 사람들에게 더욱 많은 인센티브를 제공하고 있는 것이다. 이를 위한 재원으로 현재의 교통·에너지·환경세에서 교통세를 별도로 떼어내어 활용할 수 있다.

또한 전체의 15퍼센트에 불과했던 환경세의 몫을 더 늘려서 더욱 적극적인 기후 위기에 대한 대책 마련은 물론이고 미세먼지에 효과적으로 대응하기 위한 환경 규제를 실시할 수 있다. 또한 현재 형식적으로만 하고 있는 대기오염 물질 총량 관리제에 따라 위반 기업에는 적극적인 부담금을 부과해서 관리할 필요가 있다. 하지만 현재 미세먼지 대책으로 시행하는 정책들은 대부분 형식적이거나 혹은 임시방편적인 대책으로 별다른 효과를 보지 못하는 것투성이다. 이를테면 수도권 내 기업 중 연간 질소산화물 및 황산화물 4톤, 먼지 0.2톤을 배출하는 사업장에 대해 국가가 '배출 허용 총량' 상한선을 정해 규제하는 제도인 '사업장 대기오염 물질 총량 관리제'가 있다. 그런데 정부가 할당해놓은 기준치가 너무 높아서 2008년부터 지금까지 단 한 번도 총량 규제의 효과를 보인 적이 없다.

비슷하게 전체 미세먼지 대응을 위한 예산 중 절반 가까이를 수송 부문에 사용하고 있지만 해당 사업의 효과는 매우 미미하다. 실제로 2018년에 1조 6,000억 원의 미세먼지 대책 전체 예산 중 8,000억 원 이상이 수송 부문에 사용되었고 2019년의 경우에도 추가경정 예산까지 포함하면 전체 3조 4,000억 원 중 1조 7,000

억 원이 수송 부문에 사용되는 것으로 나타났다. 특히 수송 부문 중에서도 친환경 차량 지원 사업이 절대 다수로 2018년에는 미세먼지 대응을 위한 전체 예산의 31퍼센트가, 2019년 추가경정예산을 포함해서는 26퍼센트가 여기에 사용되었다.

하지만 운행 차 배출가스 저감 사업, 하이브리드 차량 구매 보조금 지원, 천연가스 자동차 보급 사업 등의 친환경 차량을 지원하는 사업은 적게는 50퍼센트, 많아도 70퍼센트를 넘지 못하는 집행률을 보이고 있다. 즉 자가용이나 화물차에 보조금을 주고 미세먼지 저감 장치를 달게 하거나 혹은 새로운 차를 사도록 도와주는 방식으로는 한계가 있다는 것이다.

사업장 총량 관리제 배출 허용 총량 할당량과 배출량(단위: 톤, 퍼센트)

구분	'08	'09	'10	'11	'12	'13	'14	'15	'16	'17	'18	합계
[질소산화물]												
할당량(A)	65,308	61,063	56,278	49,428	40,499	36,565	36,524	36,778	43,454	43,147	37,178	506,222
배출량(B)	28,080	26,229	32,982	31,297	31,832	31,321	24,755	22,937	27,656	25,703	25,670	308,462
할당량 대비 배출량(B/A)	43.0	43.0	58.6	63.3	78.6	85.7	67.8	62.4	63.6	59.6	69.0	69.0
[황산화물]												
할당량(A)	22,809	25,512	25,494	23,679	21,810	14,681	14,098	13,211	14,207	14,823	13,023	203,347
배출량(B)세	10,418	13,672	13,722	12,838	11,711	12,737	9,134	10,266	12,713	10,238	9,134	126,583
할당량 대비 배출량(B/A)	45.7	53.6	53.8	54.2	53.7	86.8	64.8	77.7	89.5	69.1	70.1	62.2

교통 · 에너지 · 환경세를 아세요?

분야/부문		2018 결산	(비중)	2019 예산 (당초)	(비중)	2019 추경 (수정)	(비중)
국내배출감축	발전 부문	524,145	31.8	605,739	29.6	687,499	20.1
	산업 부문	32,159	2.0	53,188	2.6	289,553	8.5
	수송 부문	**832,699**	**50.6**	**1,040,727**	**50.9**	**1,745,415**	**51.1**
	- 도로	780,124	47.4	987,738	48.3	1,566,913	45.9
	(친환경 차량)	**513,851**	**31.2**	**696,706**	**34.1**	**888,184**	**26.0**
	- 비도로	52,575	3.2	52,989	2.6	178,502	5.2
	생활 부문	108,497	6.6	199,491	9.8	396,705	11.6
	소계	1,497,500	91.0	1,899,145	92.9	3,119,172	91.4
국제 협력		12,413	0.8	17,165	0.8	20,649	0.6
민감 계층 보호		78,458	4.8	69,970	3.4	185,640	5.4
정책 기반 강화		57,850	3.5	58,741	2.9	86,922	2.5
합 계		1,646,221	100.0	2,045,021	100.0	3,412,383	100.0

미세먼지 대응 사업의 연도별 예산 현황(단위: 백만 원, 퍼센트)

이제는 본격적으로 전환할 필요가 있다. 생색내기용으로 하는 미세먼지 대책이 아니라 좀 더 실효성이 있는 방법을 고민해야 한다. 그 방향은 자가용에 지원하는 방식이 아니라, 자가용 대신 대중교통을 이용하도록 하는 데 초점을 두어야 하는 것이다. 자가용 이용을 가급적 불편하게 하는 만큼 대중교통을 편하게 이용할 수 있도록 하는 것이 중요한 정책 방향이다. 이런 고민을 실현하는 데 필요한 재원으로 현재 교통·에너지·환경세를 통해서 조성되는 교통시설특별회계를 적극적으로 전환할 필요가 있다. 우리에겐 필요한 사업과 돈이 없는 것이 아니라 이를 실현하고자 하는 의지가 없을 뿐이다.

참고 문헌

글에서 인용한 표 등의 자료는 모두 이미 공개되어 있는 재정 정보를 통해서 활용한 것이다.

— 국회 예산정책처, 각 연도 결산 분석 보고서.

— 국토교통부, 각 연도 예산서.

또한 현행 교통·에너지·환경세의 문제점을 가장 잘 정리한 자료로는 감사원이 2018년에 내놓은 감사 보고서를 추천한다.

— 감사원, 「교통·에너지·환경세 세입의 특별회계별 배분 기준 불합리」

본문에서 언급한 공공교통네트워크 차원에서의 교통시설특별회계 대안은 공공운수노동조합에서 운영하는 사회공공연구원에서 발행한 보고서를 통해 구체적으로 확인할 수 있다.

— 이영수·김상철·이상민, 「교통에너지환경세와 지역대중교통재정 간의 연계방안 연구」, 사회공공연구원, 2019.

미세먼지를 줄이는 전환의 시작

·

이유진

이유진

녹색전환연구소 연구원, 전 녹색당 공동운영위원장

2013년 창립된 녹색전환연구소는 한국의 정치, 경제, 사회, 문화 전반에 생태적 전환이 필요하다는 문제의식에 공감하는 사람들이 모여 만들었다. 자원을 고갈하고 약자의 삶을 딛고 올라서는 성장이 아닌, 환경과 평등을 지향하는 '생태 문명 사회'를 만들기 위해 노력하고 있다.

이유진은 기후 위기 대응을 위한 그린뉴딜 정책을 연구하며, 지역에너지전환 활동을 활발히 하고 있다. 서울시 원전 하나 줄이기, 충남 탈석탄 정책을 만드는 일에 참여했고, 지금은 '지역에너지전환 전국 네트워크' 공동대표로 있다. 녹색당 당원이고, 『태양과 바람을 경작하다』, 『동네에너지가 희망이다』, 『전환도시』 등의 책을 썼다. 『미세먼지 클리어』에서 그린뉴딜 방식의 미세먼지 감축 방안을 제안한다.

볕 좋은 날, 커튼을 걷으면 쏟아지는 햇빛 사이로 부유하는 먼지가 보인다. 이렇게 눈에 보여야 인식되던 먼지가 최근 우리 일상에 너무나 깊숙이 들어왔다. 너도나도 미세먼지로 고통을 호소하는 지경에 이르렀기 때문이다. 지름 10마이크로미터(μm) 이하는 미세먼지(PM10), 2.5μm 이하는 초미세먼지(PM2.5)다. 사람의 평균 머리카락 지름이 50μm이니 초미세먼지는 머리카락 지름의 25분의 1 크기, 말 그대로 극히 미세하다. 이 미세한 물질이 정부가 국가 재난으로 선포할 정도로 심각한 문제로 떠올랐다.

2016년 19대 총선에서 녹색당은 "하늘도 정치도 뿌옇다. 녹색당은 미세먼지와 싸웁니다"를 구호로 걸고 나왔다. 그때는 큰 반향을 얻지 못했으나 2017년 대선에서는 TV토론 주제로 부상했다. 시민들은 일기예보를 챙기듯이 미세먼지 농도를 검색했고, 마스크와 공기청정기도 날개 돋친 듯이 팔렸다. 보건용 마스크도 KF(Korea Filter) 등급까지 고려해 구매한다.

정부도 대책 마련에 고심하고 있다. 2022년 미세먼지 총량 30퍼센트 감축을 목표로, '미세먼지 관리 종합 대책'과 '미세먼지 특별법' 제정, '비상·상시 미세먼지 관리 강화 대책'을 추진 중이다. 봄철 노후 석탄화력발전소 가동을 중지하고, 사업장 미세먼지 관리도 확대했다. 그런데도 2019년 3월, 미세먼지 고농도 일이 지속되자 범국가기구인 '국가기후환경회의'를 만들어 대책을 찾고 있다. 도대체 미세먼지의 해법은 어디 있을까?

미세먼지라는
복합적인 문제

여기서 드는 의문이 있다.

미세먼지는 어디서 어떻게 만들어지는가? 원인을 파악해야 대책도 제대로 세울 수 있다.

1970년~1980년대 굴뚝 산업이 번창하던 산업화 시기보다 미세먼지 총 배출량은 줄고, 배출 규제도 강화되었는데 왜 우리는 미세먼지가 더욱 심각하다고 느끼는 것일까?

국내에서 생성되는 미세먼지는 주로 화석연료를 사용하는 사업장, 발전소, 경유차에서 발생한다. 직접 배출되기도 하고 대기오염 물질과 화학반응을 일으켜 생성되기도 한다. 초미세먼지의 75퍼센트 이상은 2차 생성으로 만들어진다. 2차 생성 미세먼지는 질소산화물, 황산화물, 휘발성 유기화합물, 블랙 카본 등이 대기 중에서 화학반응을 거쳐 만들어진 초미세먼지를 말한다.* 우리나라 연평균 초미세먼지 농도는 선진국(OECD) 대비 두 배 수준이다.

---

*   **질소산화물** 질소와 산소의 화합물. 연소 과정에서 공기 중 질소가 고온에서 산화돼 발생. 산성비의 원인이 되는 대기오염 물질이다.
    황산화물 황과 산소가 결합한 산화황. 매연 속에 포함된 이산화황(SO_2), 삼산화황(SO_3) 및 황산 미스트가 있다. 이산화황, 삼산화황의 최대 발생 원인은 화석연료의 연소 때문이며, 화산 폭발, 제련소와 화력발전소, 황산 제조 공장, 벙커C유 및 연탄을 연료로 사용하는 각종 공장 및 가정, 자동차 배기에서 배출된다.
    휘발성 유기화합물 대기 중에서 광화학반응을 일으켜 오존 등 광화학 산화성 물질을 생성해 광화학스모그를 유발하는 물질이다.
    블랙 카본 자동차 매연이나 석탄 등이 연소할 때 나오는 검은색 그을음으로, 장기간 흡입 시 폐와 인지능력 저하에 영향을 준다.

지금부터 수치가 여러 개 나올 텐데, 천천히 읽으면 미세먼지가 어디에서 얼마나 나오는지 감을 잡을 수 있을 것이다. 우리나라 전역에서 배출되는 미세먼지의 기여 비중은 사업장 41퍼센트, 발전소 12퍼센트, 경유차 12퍼센트, 선박 10퍼센트, 건설기계 5퍼센트, 비산먼지 5퍼센트, 냉난방 5퍼센트, 생물성 연소 4퍼센트, 유기용제 4퍼센트 순이다(2016년 기준, 국가기후환경회의 2019년). 기후변화를 일으키는 온실가스가 인간의 인위적인 경제활동의 산물인 것처럼 미세먼지도 인간 경제활동의 결과인 것이다.

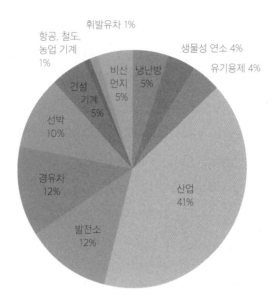

휘발유차 1%

항공, 철도,
농업 기계
1%

생물성 연소 4%

유기용제 4%

비산
먼지
5%

냉난방
5%

건설
기계
5%

선박
10%

경유차
12%

산업
41%

발전소
12%

국내 미세먼지 배출 기여율(2016년)

미세먼지를 줄이는 전환의 시작

미세먼지 배출 기여율 가운데 산업, 발전소, 경유차, 선박이 차지하는 비중이 75퍼센트다. 이 중 산업 부문은 약 41퍼센트이고, 전체 산업 부문에서도 대형 사업장(1종_1,707개)이 차지하는 비중이 62.7퍼센트다. 배출 허용 기준을 두고 관리하지만, 점검 체계가 미흡한 것을 틈타 측정 자료를 조작하는 일이 빈번하게 발생하고 있다. 2019년에도 LG화학과 한화케미칼 등 여수 국가산업단지의 대기오염 물질 배출량 조작과 영풍석포제련소의 1급 발암물질 포함 대기오염 물질 축소 조작이 발각되었다. 굴뚝에서 실시간으로 오염 물질을 측정하는 굴뚝배출가스 자동 측정 시스템(TMS)* 부착 시설도 1~3종 사업장의 15.5퍼센트밖에 되지 않아 감시에 한계가 있다.

발전소 부문은 미세먼지 배출량의 12퍼센트를 차지

* 굴뚝배출가스 자동 측정 시스템(TMS: Telemetry System)은 굴뚝 자동 측정 기기에 의해 측정된 자료를 활용하여 사업장에서 배출되는 대기오염 물질을 24시간 감시하는 시스템이다.

하는데 핵심은 석탄화력발전소이다. 석탄화력발전소 60기에서 발전소 부문 미세먼지 발생량의 93퍼센트가 배출된다. 수송은 전체 미세먼지 배출량의 29퍼센트를 차지하며, 경유차(12퍼센트), 선박(10퍼센트), 건설 기계(5퍼센트)가 주요 배출원이다. 경유차 배기가스는 세계보건기구(WHO)가 정한 1군 발암물질로 건강 위험도가 높고, 인구밀도가 높은 도심 지역에서 배출되기 때문에 더욱 신경 써서 관리해야 한다. 선박은 벙커C유 같은 황 함량이 높은 연료를 사용하다 보니 미세먼지를 많이 배출하는데, 항만도시에 영향을 많이 미친다. 예를 들면, 부산에서는 선박으로 인한 미세먼지 영향이 무려 46.3퍼센트다.

국내에서 과감하고 단순한 방식으로 미세먼지 배출량을 줄이려면, 이런 방법이 있다. 사업장 배출량 관리 기준을 지키지 않은 사업장은 영업 중단 명령을 내리고, 석탄화력발전소는 퇴출한다. 경유차는 판매를 금지하고, 경유세를 올리며, 미세먼지 농도가 높은 날 운행을 금지한다. 미세먼지 고농도 시기에 모든 공사를 중단하고, 건설 노동자에게는 평소와 다름없이 임금을 지급한다 등등. 일단 이렇게 마음껏 써보는 이유는 모두 비용이 드는 일이고, 이해관계인이 많아 실행에 옮기기 쉽지 않기 때문이다.

미세먼지 배출량을 줄이려면 이해관계인들이 기꺼이 비용을 치러야 하는데 저항이 만만치 않고, 정부는 수용성과 효과를 확신하지 못해 집행을 주저한다. 사업장에서 대기오염 물질 배출 관리를 제대로 하려면 비용이 든다. 전력 생산에서 석탄화력발전 비중이 43.1퍼센트나 차지(2017년 기준)하는 것은 석탄이 저렴하기 때문이다. 또한 국내 경유차가 1,000만 대를 넘어서고 판매량이 꾸준히 늘어나는 것도 차는 비싸지만, 휘발유 대비 경유 비용이 약 100 대 88 수준으로 저렴하기 때문이다. 한번 구축된 시스템은 이해관계인이 생겨 기존 시스템을 유지하려는 관성이 생긴다. 안정화된 시스템을 바꾸려면 이해득실을 조정해야 하고 누군가가 추가로 부담을 해야 하지만, 누구도 자기 주머니의 돈을 내고 싶어 하지 않는다. 정부도 기득권을 형성한 이해관계를 흔들거나 규제하는 정책을 부담스러워하기 마련이다. 그래서 신속하고 과감한 전환은 정치적 결단과 시민의 전폭적인 지지 없이는 시도하기 어렵다.

더불어 기후변화는 미세먼지 대책의 효과를 불확실하게 만든다. 최근 우리가 미세먼지가 심하다고 느끼는 이유 중의 하나는 겨울과 봄철 미세먼지 고농도 일이 증가하고 있기 때문이다. 이 시기는 난방을 포함해 국내외 배출량이 증가하는 데다가 기후변화로 인한 풍속 저하로 대기가 정체하는 현상이 더해진다. 서울만 하더라도 2012년~2013년까지 연평균 풍속이 2.8m/s였던 것이 2018년 1.7m/s로 점점 바람이 적게 불고 있다. 이것은 대기오염 물질이 바람에 날려 흩어지는 것이 아니라 정체되어 농도가 짙어지는 것을 의미한다. 이 같은 현상을 '마치 밀폐된 온실에서 연탄을 태우는 것처

미세먼지를 줄이는 전환의 시작

럼 미세먼지 농도가 증폭'된다고 표현하기도 한다.*

　정부는 강력한 규제 정책으로 미세먼지 배출량을 줄이더라도 대기 정체 현상으로 효과가 크지 않을 때 직면할 비판을 우려한다. 그렇기에 정책을 수립해서 집행하는 것만큼 중요한 일은 미세먼지 문제 해결의 복잡성을 시민들에게 상세히 전하고 이해와 참여를 구하는 것이다. 정보를 공유하고 문제를 함께 풀어가는 방법밖에 없다.

---

*　'미세먼지 재난대책', 《경향신문》, 2019. 3. 26.

우리가
넘어야 할
높은 장벽

미세먼지 문제를 하나씩 해결해가려면 우리가 함께 넘어야 할 네 개의 높은 장벽이 있다. 첫 번째 장벽은 문제 해결을 개인화하지 않고 사회가 구조적으로 대응하는 것이다. 각자도생으로는 답을 찾을 수 없다. 현대경제연구원에 따르면 미세먼지에 대처하기 위한 마스크 구매 등에 가구당 월평균 2만 1,260원을 지출하고 있다(2019년 기준). 시민들은 공기청정기, 건조기, 의류관리기 등 생활공간의 미세먼지 해결을 위해 각자 비용을 내고 있다. 이것은 식수원이 되는 강을 잘 보전하

미세먼지를 줄이는 전환의 시작

지 못해 수돗물을 만드는 데 비용을 사용하고, 그것도 못 믿어 집집마다 정수기를 갖추는 것과 흡사하다. 강과 상수원을 보전해 오염되지 않도록 하는 것이 먼저이듯 석탄화력발전소 같은 배출 원인을 제거해 배출량을 줄이는 방향으로 나아가야 한다. 사회 전체가 구조적으로 접근해서 풀어야 할 문제다.

두 번째 넘어야 할 장벽은 배출량 자체를 줄이기 위한 에너지효율화와 연료전환을 병행하는 것이다. 미세먼지와 기후변화 대응, 에너지전환 정책은 공통분모가 많다. 미세먼지와 기후변화는 화석연료 연소로 발생하고, 에너지전환은 화석에너지를 줄이는 것을 지향하기 때문이다. 환경부는 미세먼지에 대응하고, 산업통상자원부는 에너지전환을 하는 각자의 방식이 아니라 협업을 해야 한다. 사업장에서 에너지효율을 높이고 연료를 전환하는 것이 적극적인 미세먼지 대책이 될 수 있다. 대기오염 물질 배출 사업장 1종(대기환경보전법) 관리 업체들은 거의 에너지 다소비 사업장이다. 사업장

이 의무적으로 받는 에너지 진단 결과를 이행하도록
하고, 에너지 절약 시설 투자 규모를 늘리면 된다.* 경
기도에서는 사업장을 대상으로 연료전환 정책을 펼쳐
미세먼지를 많이 줄였다. 고형 연료와 벙커C유 보일러
를 사용하는 사업장 13곳의 연료를 LNG로 전환해 먼
지, 질소산화물, 황산화물을 81퍼센트나 줄이는 효과
를 얻은 것이다. 미세먼지 정책은 에너지 수요 관리,
효율 개선, 연료전환 정책과 연동해 설계해야 한다. 물
론 칸막이 정책에 익숙한 행정이 정책을 융합해서 계
획하고 실행하고 평가하는 것은 우리에게 너무나 높은
장벽이다.

세 번째는 정부가 규제 정책에 대한 두려움을 극복
하고, 인센티브 중독에서 벗어나는 것이다. 한국 사회
에서 규제 정책은 개혁과 철폐의 대상이다. 기업은 당
연하고, 시민, 심지어 공무원도 규제 정책에 대해 반발

* '에너지효율 혁신전략, 2020년 정부예산부터 대폭 반영돼야',《이
   투뉴스》, 2019. 9. 2.

이 심하니 인센티브 정책으로 참여를 유도하자고 한다. 그런데 규제 정책 없이 인센티브만으로 미세먼지, 특히나 온실가스까지 연동된다면 줄이기 어렵다. 세계가 온실가스나 대기오염 물질 배출 자체를 제어하는 '금지'의 시대로 가고 있다. 영국은 2025년까지 석탄화력발전소를 모두 폐쇄할 예정이다. 런던은 대기오염 초저배출 구역 제도를 도입했다. 배출가스 초과 차량은 런던시 중심부의 혼잡 구역 진입 시 하루 12.5파운드(한화 약 1만 9,000원)의 '공해세'를 내야 하고, 위반 시 과태료는 최대 1,000파운드(한화 약 152만 원)다. 주요 국가들이 내연기관 차량 퇴출 연도를 발표하고 있다. 네덜란드와 노르웨이는 2025년, 인도와 독일은 2030년, 영국과 프랑스는 2040년으로 내연기관 차량의 생산·판매·등록 금지를 결정했거나 법제화를 앞두고 있다. 우리는 인센티브 정책으로 경유차 조기 폐차 지원 제도를 펼치지만, 새로 판매되는 경유차로 인한 대기오염 물질 배출량은 계속 늘고 있다. 정부가 강력한 규제 정책을 펼쳐야 문제를 풀어가는 단초를 마런할 수 있다.

　마지막으로 넘어야 할 장벽은 언론이 역할을 하는 것이다. 여론조사 결과 시민의 80퍼센트 가까이가 미세먼지 원인을 중국에서 오는 것으로 인식하고 있다. 정부 발표의 잘못도 있지만 언론이 중국발 미세먼지를 강조하는 것은 문제 해결을 어렵게 만든다. 원인을 중국에 두면 국내에서 할 수 있는 일도 별로 없어 보이고, 국내에서 실행하는 정책에 대한 동력도 얻기 어렵다. 언론이 깊이 있게 미세먼지의 발생 원인과 대책, 복잡성, 우리가 감당해야 할 비용에 대해 정보를 전달하고 토론을 지속할 수 있도록 역할을 해야 한다.

그린뉴딜,
고용과 환경 정책이
손잡는다면

미세먼지 해결에 참고할 만한 사례로 미국에서 최근 활발하게 논의되는 그린뉴딜 정책이 있다. 미국 사회에 직면한 '기후변화'와 '경제적 불평등' 문제를 해결하기 위한 대안으로 떠오른 그린뉴딜 정책은 민주당의 핵심 대선 공약이 되었다. 온실가스 배출량을 2050년까지 'Net Zero'로 만들기 위해 모든 인프라를 저탄소형으로 재구성해 좋은 일자리를 만들고, 사회적 약자를 보호하며 불평등을 해소한다는 정책이다. 온실가스 감축을 산업과 경제정책, 복지정책과 연계해 배출량 감소, 일자리 확대, 사회 불평등 해소를 동시에 해결한다는 것인데, 밀레니얼 세대를 비롯해 대중의 지지를 받고 있다.

우리도 그린뉴딜 방식으로 미세먼지 정책을 설계해보자. 미세먼지라는 사회적 난제를 풀어가는 과정을 일자리 창출과 연계시키는 것이다. 한시적인 일자리가 아니라 산업 생태계를 만들어 지속하는 좋은 일자리를 말이다. 미세먼지 정책이 성공하려면 규제 정책과 전환 정책이 중심이 되어야 하는데, 이런 정책에 대한 지지를 얻기 위해서라도 일자리 창출과 불평등·불균형 해소를 동시에 달성할 수 있도록 엮어야 한다.

정부의 미세먼지 정책 예산은 일자리 정책과 얼마나 연계될까? 2019년 미세먼지 추경 예산은 2.2조 원으로 환경부 전체 예산의 25퍼센트를 차지한다. 추경만 보면 경유차 조기 폐차 지원, 배출 저감 장치 부착, 수소차·전기차 보급 예산이 약 1조 3,500억 원이다. 추경 발표 이후 주식시장에서 미세먼지 저감 연구 개발,

공기청정기, 정화 장치 필터, 마스크 관련 종목 주가가 상승했다. 주로 오염 물질 배출 저감 설비, 마스크와 청정기 같은 제품을 생산하는 산업이 수혜주다. 그런데 지속적인 일자리가 되려면 제품을 보급하는 것보다 서비스를 제공하는 방식으로 전환해 나가야 한다.

전국 곳곳에 산개한 대기오염 물질 배출 사업장은 총 5만 8,932개 소(환경부 2019년)로, 사업장 대기오염 배출량 조작이 반복되는 원인을 찾아 해소해야 한다. 배출 관리 감독 기반이 취약하고, 인력이 부족하다. 측정 대행업체가 저가수주 경쟁을 하다 보니 낮은 측정 수수료로 기술 인력을 확보하기 쉽지 않다. 품질 낮은 장비와 인력난 때문에 측정 결과가 부정확하다 보니 데이터를 신뢰하기 어려운 악순환에 빠져 있다. 이 분야야말로 배출 관리 감독 체제를 제대로 구축하고 서비스를 개선해 좋은 일자리를 만들 수 있는 분야이다. 측정 대행업체 선정과 관리 방식을 개선해 측정 관리 감독이 좋은 일자리가 되도록 산업체가 제대로 된 비용을 지불하고, 전산 시스템을 도입하는 일이 시급하다. 정부가 환경오염을 감시하고 관리하는 제도를 엄격하게 설계하고, 마중물로 예산을 투입해 시스템을 구축하고, 우수 인력이 측정 시설과 방지 시설을 사용할 수 있도록 하는 것이다. 그렇게 하려면 정보통신기술(ICT)을 활용한 측정과 분석, 관리 감독 인력과 감시 체계 고도화에 예산을 집중 투입할 필요가 있다. 사업장에 대한 미세먼지 측정 자료를 공공 데이터로 공개하면 시민들이 집단지성을 활용해 데이터 분석, 대안 제시가 가능하도록 설계할 수도 있다. 사업장에서는 배출 저감 시설을 추가하는 것에 더해서 배출 총량을 줄이기 위해 사업장 에너지효율 개선과 연료전환에 투자하면 일자리 증가와 배출량 감소 효과를 거둘 수 있다.

 2017년 기준 전력 중 석탄화력발전 비중은 43.1퍼센트이다. 2019년 현재 석탄화력발전소 60기(35GW)가 전기를 생산하고 있고, 7기가 추가 건설 중이다. 유럽

국가들은 탈석탄 목표 시점을 2030년경으로 설정하고, 석탄화력발전소를 줄이는 정책에 집중하고 있다. 우리도 석탄화력발전소를 조기 폐쇄하고, 에너지효율을 높여 필요한 발전량은 줄이면서 재생에너지로 석탄을 대체해보자. 재생에너지는 석탄을 대체하고, 일자리를 만들 수 있지만 우리나라 전력 중 재생에너지 비중은 국제에너지기구 기준 2.2퍼센트로 OECD 최하위 수준이다. 재생에너지 산업의 매출액 및 고용 인원은 2015년 이후 지속적인 하락 추세에 있다. 지역 기반 에너지 자립 기술 개발, 풍력·태양광 관련 입지 갈등 해소와 지역 주민 참여형 재생에너지 확대, RE100(Renewable Energy 100%) 이행 기반 구축과 같은 에너지전환 정책을 적극적으로 펼칠 필요가 있다. 동시에 석탄화력발전소 조기 폐쇄에 따른 사회·경제적 충격을 완화할 수 있는 정의로운 전환 프로그램이 필요하다. 우리나라 석탄화력 발전 전력량의 53퍼센트를 차지하는 충청남도에서는 2050년을 탈석탄 시점으로 설정하고, 석탄화력발전소 폐쇄가 지역 고용과 경제에 미치는 영향을 최소화할 정의로운 전환 연구를 시작했다.

경유차가 뿜어대는 미세먼지를 줄이기 위해서는 수송 정책 전반의 변화로 연결되어야 하는데, 내연기관 차량 퇴출 연도 설정, 경유세 상대가격 조정, 철도 중심 물류 전환 정책이 필요하다. 우리는 내연기관 차량 퇴출 연도 논의는 시작도 못 했으며, 겨우 클린 디젤 정책을 폐기한 상태이다. 노후 경유차 조기 폐차 지원금을 받아 다시 경유차를 구매해도 제한하는 제도가 없다. 경유차 환경부담금 부과, 경유세 상대가격 조정 등을 포괄하는 경유차 감축 로드맵을 만들어야 한다. 자동차 산업은 전기차와 수소차로 급변하는 세계적인 구조 개편에 미리 대비하지 않으면, 엄청난 고용 충격을 감당해야 하는 상황이다.

친환경 차량을 보급할 때에도 우선순위를 두어 시민들이 자주 접하는 공공 차량과 생활 차량부터 전환해 보자. 시내 경유 버스나 청소 차량과 같은 대중교통과 공공 차량을 집중적으로 친환경 차량으로 교체하는 데 예산을 투입하는 것이다. 서울시 '경유 마을버스 제로

화'도 대표적으로 좋은 정책이다. 어른과 비교하면 단위체중당 호흡량이 두 배 이상 많은 어린이 통학 차량을 친환경 차량으로 전환하고, 운행 시간이 긴 택배 트럭과 배달 이륜차를 단기간에 친환경 차량으로 전환하면 어린이, 청소 노동자, 배달 노동자가 미세먼지에 노출되는 빈도를 줄일 수 있다.

부산, 인천, 울산, 평택 같은 항만을 포함하는 도시는 선박으로 인한 대기오염이 심각하다. UN 산하 국제해사기구(IMO)가 선박 연료로 인한 환경오염을 방지하기 위해 2020년부터 선박에서 배출되는 연료의 황 함유량을 낮추기로 하면서 연료전환이 가속화될 전망이다. 선박 연료를 전환해 LNG선으로 교체하면 조선 산업에 새로운 출구가 되고 일자리를 유지할 수 있다.

미세먼지에 취약한 어린이와 노약자 들이 사용하는 어린이집, 유치원, 경로당, 방과 후 학교, 보건소 건물을 열회수형 환기장치를 포함한 그린리모델링을 해보자. 건물에서 공기를 환기할 때 필터를 통과하도록 설계해 실내를 청정하게 유지하고, 열을 회수해 냉난방에 활용하면 에너지도 절감된다. 공공건물을 리모델링하면 폭염·한파 대피소 역할도 할 수 있다. 마스크를 나눠 주고, 공기청정기를 보급하는 것보다는 더 근본적인 대안이다.

지금부터 시작하는
'대전환'

한국 사회에서 미세먼지는 큰 숙제다. 이 문제를 해결하기 위해 많은 인력과 예산을 투입하게 될 텐데, 어떤 방식으로 대책을 수립하는가에 따라 성과와 수용성이 달라진다. 단기적으로는 미세먼지 배출을 제대로 관리하고 감독하는 사회를 만들기 위해 인력과 시스템 선진화에 예산을 투입해서 오염 물질을 관리하고 감독하는 일에 사회적 가치를 부여해 좋은 일자리를 만들도록 하자. 기술 기반 감독 시스템을 구축하고, 사업장 미세먼지를 철저히 관리하면 배출량 조작 비리로 무너진 정책에 대한 신뢰를 회복할 수 있을 것이다.

장기적으로는 미세먼지·기후변화·에너지전환 정책을 통합해 탈탄소 에너지 저소비 사회로 전환하는 전략을 수립하자. 배출 허용 기준 준수, 대기오염 총량제, 산업 부문 에너지효율화 투자, 전기 요금 정상화, 경유세 인상에 대한 정책 방향을 설정하고, 기술 개발과 투자, 민감 집단 대책이 상호 연계되도록 설계해야 한다.

우리는 압축 성장을 지향하면서 양적 성장에 집중해왔다. 그 속에서 지속 가능성과 삶의 질, 환경과 건강은 후순위로 밀렸고, 개인이든 정부든 환경과 건강을 보장하는 비용을 감당하는 데 인색했다. 우리 사회에 진짜 그린뉴딜이 필요한 이유다. 그린뉴딜은 자연과 인간, 사회와 경제가 공존하는 새로운 계약을 맺는 것이다. 인정해야 한다. 문제를 해결하려면 그만큼의 노력과 비용이 든다. 비용을 지불하지 않고 회피하면, 누군가는 그 비용을 한꺼번에 많이 내야 한다. 가장 약하고, 어린 사람들에게 비용을 떠넘길 수는 없지 않은가!

참고 문헌

국가기후환경회의. 「국민정책참여단 미세먼지 문제 해결을 위한 제2차 국민대토론회」, 2019.

기획재정부. 「미세먼지 대응 등 국민안전 지원 추가경정 예산안」, 2019.

김동영. 「사업장 관리 문제와 개선 방안」, '미세먼지 국민포럼', 2019.

김성욱. 「경기도 미세먼지 저감을 위한 건설기계 교체 방안」, 2019.

김종호. 「기업규제완화와 환경기술인 제도 개선」, '우원식·강병원 의원 주최—산업체 미세먼지 배출 조작 어떻게 할 것인가?' 토론회, 2019.

'우리나라 산업부문 에너지 효율화의 실상', 《이투뉴스》, 2018. 7.30.

박상준. 「수송부문 미세먼지 산정과 감축 시나리오별 정책방향」, '미세먼지 저감을 위한 경사연 연구기관 합동 심포지움—미세먼지 문제 개선을 위한 정책 진단과 대책', 2019.

안용성. 「미세먼지 저감을 위한 해운항만부문 정책방안」, '미세먼지 저감을 위한 경사연 연구기관 합동 심포지움—미세먼지 문제 개선을 위한 정책 진단과 대책', 2019.

이명주. 「건축물 중심 에너지공유 녹색 스마트 도시」, '녹색 스마트 도시·건축 정책 토론회', 2018.

이유진·이후빈. 「미국의 그린뉴딜(Green New Deal) 정책과 한국에 주는 시사점」, 「국토이슈리포트 제6호」, 국토연구원, 2019.

이유진. '그린뉴딜형 미세먼지 정책', 「전환적뉴딜 보고서」, 경제인문사회연구회, 2019.

유종일. 「선제적 뉴딜—개념, 필요성, 추진전략」, 2019.

심창섭. 「미세먼지 문제의 진단과 정책방향」, '미세먼지 저감을 위한 경사연 연구기관 합동 심포지움—미세먼지 문제 개선을 위한 정책 진단과 대책', 2019.

한국공학한림외 외, 「미세먼지, 어떻게 해결할 것인가?」, '석학 정책제
안—미세먼지 문제의 본질과 해결 방안', 2018.

현대경제연구원, 「미세먼지에 대한 국민 인식 조사」, 2019.

환경부, 「미세먼지 팩트 체크 미세먼지! 무엇이든 물어보세요」, 2019.

환경부, 「미세먼지관리 종합대책」, 2019.

"7조 규모' 추경, 수혜주는…미세먼지 '주목' 웰크론 · 위닉스 · 하츠 · 나노 등
미세먼지주 일제히 반등', 《EBN》, 2019. 4. 22.

Rhiana Gunn-Wright · Robert Hockett, 「The Green New Deal」, 《LEGAL
STUDIES RESEARCH PAPER SERIES》, *CORNELL LAW SCHOOL*, 2019.

한눈에 보는 미세먼지 정책

1. 미세먼지란 무엇인가

2. 미세먼지는 어떻게 발생하는가

3. 국내 미세먼지 발생량의 변화

4. 고농도 미세먼지의 요인

5. 국내 대기질 관리 정책의 변화

6. 미세먼지 관리의 해외 사례

7. 국내의 미세먼지 관리 계획(2020~2024)

1. 미세먼지란 무엇인가

미세먼지는 여러 가지 복합적인 성분을 가진 대기상의 부유물을 말합니다. 주로 도로변이나 산업 단지 등에서 발생하는 지름 10㎛ 이하의 입자를 '미세먼지(PM10)', 담배 연기나 연료의 연소 시 발생하는 2.5㎛ 이하의 아주 미세한 입자를 '초미세먼지(PM2.5)'로 구분해 부르는데, 보통 10㎛ 이하의 입자를 모두 '미세먼지'로 포괄해 부르고 있습니다.

미세먼지는 호흡기를 통해 신체에 침투하기 때문에 그 입자가 작을수록 더 위험하고 피해 범위가 크다고 볼 수 있습니다.

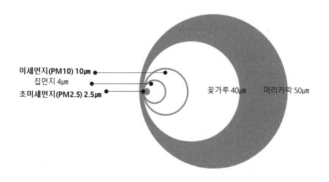

미세먼지(PM10) 10㎛
집먼지 4㎛
초미세먼지(PM2.5) 2.5㎛
꽃가루 40㎛   머리카락 50㎛

2. 미세먼지는 어떻게 발생하는가

미세먼지는 생활, 산업, 농업 등 인간이 살아가는 거의 모든 영역에서 발생합니다.

특히 사업장, 발전소, 경유차 배기가스 등에서 연소를 통해 유기화합물(VOCs)의 형태로 배출되었다가 대기 중 화학반응을 거쳐 만들어진 '2차 생성 PM2.5' 초미세먼지 는 인간 신체에 치명적인 영향을 미치는 것으로 알려져 있습니다. 전체 초미세먼지 농도 중 2차 생성 PM2.5 비율은 75퍼센트로, 거의 대부분을 차지하고 있습니다.

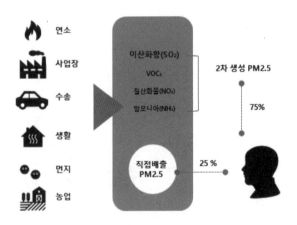

3. 국내 미세먼지 발생량의 변화

우리나라는 1995년부터 '미세먼지'의 존재를 국가적으로 인식하고 관리 대상으로 삼았습니다. 이후 지속적으로 감소하던 미세먼지 발생량은 2013년 급격히 증가한 후, 현재까지 $40\mu g/m^3$ 농도를 유지하며 2010년 초반 수준에서 정체하고 있습니다.

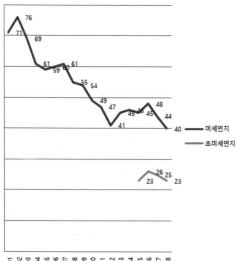

연평균 (초)미세먼지 농도 변화($\mu g/m^3$)

4. 고농도 미세먼지 요인

미세먼지 농도에 영향을 주는 요인은 크게 세 가지가 있습니다. 첫째는 국내 배출, 둘째는 국외 유입, 셋째는 기후변화입니다.

가장 근본적이고도 장기적인 요인은 바로 국내 배출량입니다. 2015년 기준 전국 단위에서 산업(사업장)이 40퍼센트, 수도권 단위에서 수송(경유차 등)이 46퍼센트의 영향을 미친 것으로 밝혀졌습니다. 전국과 수도권의 요인이 크게 다른 것처럼, 미세먼지는 지역별 특징에 따라 대기오염원이 달라진다는 것을 알 수 있습니다.

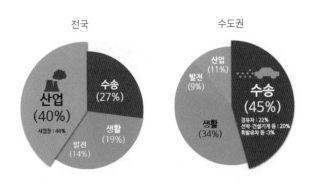

초미세먼지 생성 요인(2015년 기준, 환경부 2019년)

평상시 한반도 미세먼지 중 국외 영향은 48퍼센트(중국 34퍼센트) 수준입니다. 이는 '한미 대기질 합동 연구(KORUS-AQ)'가 발표한 중간 보고서에 따른 수치입니다. 다만 미세먼지 농도가 경보 수준으로 치솟는 고농도 상황일 때는, 그 기후 특성에 따라 국내와 국외 영향의 편차가 크게 나타납니다. 환경부가 비교한 비슷한 시기 고농도 미세먼지 사례에 따르면, 2018년 11월 고농도 미세먼지의 국내 요인은 최소 55퍼센트에서 최대 82퍼센트, 2019년 1월 고농도 미세먼지의 국외 요인은 최소 69퍼센트에서 최대 82퍼센트까지로, 그 오차 범위를 상당히 광범위하게 두고 있습니다.

마지막으로 현재뿐 아니라 미래에까지 중요한 요인으로 지목되는 것은 바로 기후변화입니다.

실제 우리나라는 기후변화로 인해 겨울철 강수일수가 지속적으로 감소하고 있고, 풍속이 변해 대기 정체 기간이 길어지고 있습니다.

다른 요인보다도 기후변화를 더욱 눈여겨봐야 하는 이유는 동일한 국내 배출량과 동일한 국외 유입 영향에서도 대기 정체, 강수 등의 기상 여건에 따라 미세먼지 고농도가 발생하거나 해소되는 것이 가능하기 때문입니다.

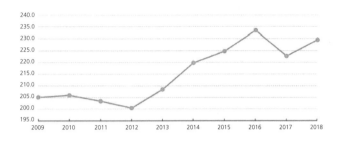

최근 10년간 전국의 대기 정체 일수 변화(환경부 2019년)

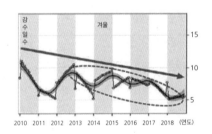

최근 10년간 전국 강수일수 변화(환경부 2019년)

기상 요인	미세먼지 영향
풍속	풍속이 낮은 대기 정체 현상 발생 시 대기 중으로 배출되는 미세먼지가 축적되고 2차 생성이 활발하게 이뤄져 고농도 발생에 유리한 여건으로 작용
강수	대기 중 강우 시 미세먼지 입자가 씻겨 내려가는 세정 효과가 발생하여 미세먼지 농도 저감에 유리하게 작용
대기 혼합고	대기 혼합고가 높은 경우 대기가 수직으로 활발히 혼합되어 미세먼지가 확산되고 농도가 줄어드는 효과 발생
풍향	서풍 또는 북서풍 계열의 풍향일 경우 중국 등 국외 유입 영향이 증가하여 미세먼지 관리에 불리하게 작용

특히 여름철에 비해 미세먼지에 영향을 주는 기상 여건이 불리하게 작용하는 겨울과 봄철에는 기후변화가 미세먼지에 밀접한 관련성이 있음을 눈에 띄게 확인할 수 있습니다.

겨울·봄·	여름
· 강한 북서풍 형성 · 지면 냉각과 찬 기단의 정체로 대기역전층 형성 · 강수량이 적어 세정 효과 미미 · 저온에서 질산염 생성 증가	· 남동풍 계열 청정 기류 유입 · 지면 가열에 따라 수직적 대기 혼합 활발 · 장마 등 강수에 의한 세정 효과 활발 · 고온에서 질산염 생성 불리

5. 국내 대기질 관리 정책의 변화

국내 대기질 관리 정책은 1980년대 가정에서 난방 연료로 흔히 이용하던 연탄을 친환경 난방 연료로 전환한 것을 시작으로 합니다. 1995년부터는 미세먼지를, 2015년부터는 초미세먼지를 국가적으로 인식하고 관리하기 시작했습니다.

2019	2월 미세먼지 저감 및 관리 권한 특별법 시행 3월 미세먼지 관련 8법 제·개정 5월 미세먼지 대책 종합계획 수립 11월 미세먼지 관리 종합계획(2020~2024) 발표
2018	3월 미세먼지 환경 기준 강화 8월 미세먼지 저감 및 관리에 관한 특별법 제정 11월 비상·상시 미세먼지 관리 강화 대책 수립
2017	5월 제2차 수도권 대기환경관리 기본계획 변경 계획 9월 미세먼지 관리 종합대책 수립
2016	6월 미세먼지 관리 특별대책 수립
2013	12월 제2차 수도권 계획 수립
2005	제1차 수도권 계획 수립
2002	2002년 경유 버스를 천연가스로 전환
1988	친환경 난방 연료로 전환

6. 미세먼지 관리의 해외 사례

영국 런던은 노후 차량 독성 요금(T-Charge) 제도를 도입해, 초저배출 구역(ULEZ)에 노후 차량이 진입할 경우 12.5파운드(한화 약 1만 9,000원)의 부담금을 부과하고 있습니다.

유럽연합(EU)은 자동차로 인한 대기오염을 줄이기 위해 '유로 경유차 배기가스 배출 규제법' 기준을 도입해 차등 적용했습니다.

	승인일	질소산화물 배출량	T-Charge 기준
유로 3	2000.01	500mg/km 이하	오토바이
유로 4	2005.01	250mg/km 이하	휘발유차
유로 5	2009.09	180mg/km 이하	
유로 6	2014.09	80mg/km 이하	경유차

유로(EURO) 경유차 환경 규제 단계별 기준

이를 통해 런던은 1992년 40$\mu g/m^3$였던 미세먼지 농도를 2017년 20$\mu g/m^3$ 아래로 낮췄고, 1999년 15$\mu g/m^3$였던 초미세먼지 농도 또한 11$\mu g/m^3$ 수준으로 낮췄습니다. 2018년부터는 경유차 신규 면허를 불허하며 더욱 철저히 관리하고 있습니다.

미국 LA는 연방과 주정부 간 강력한 협력 체계를 구성해, 미세먼지 저감을 달성했습니다. 교통·항만·공업 지역에 꾸준하게 배출량 감시와 저감을 이행했고, 인센티브 제도를 통해 자발적 참여를 유도했습니다. 이를 통해 2001년 20$\mu g/m^3$였던 초미세먼지 농도가 2016년까지 10$\mu g/m^3$으로 개선되었습니다.

일본 도쿄는 2003년부터 매연 저감 장치를 부착하지 않은 노후 경유차의 운행을 금지했습니다. 이를 위반할 시엔 50만 엔(한화 약 500만 원) 이하의 벌금을 부과할 수 있도록 했습니다. 그 결과 2002년 27$\mu g/m^3$이던 미세먼지 농도를 14$\mu g/m^3$까지 낮출 수 있었습니다.

7. 국내의 미세먼지 관리 계획

2019년 11월, 환경부를 비롯한 중앙행정부처는 '제3차 미세먼지특별대책위원회'를 통해 향후 5년간의 '미세먼지 관리 종합계획(2020~2024)'을 공개했습니다.

정부는 이 종합계획을 통해 대기오염 물질 국내 배출량 감축, 국민 건강 보호, 국제 공동 대응, 정책 기반 강화, 소통과 홍보를 분야별 추진 과제로 삼았습니다. 그중 국내 배출량 감축 정책과 취약 계층 보호를 중심으로 간단히 요약했습니다.

석탄화력발전소 관리

노후 석탄화력발전소의 조기 폐지 시행 후, 2019년 현재까지 4기를 폐지했습니다. 공정률이 낮았던 2기의 발전소는 좀 더 친환경적인 원료인 LNG 발전으로 전환했습니다.

미세먼지가 심한 봄철에는 노후 석탄화력발전소 4기 ~5기의 가동을 중지했고, 2018년 10월부터는 미세먼지 고농도 시 전체 석탄화력발전소 가동률을 80퍼센트 상한 제약을 실시하고 있으며, 앞으로도 시행할 예정입니다.

이를 통해 석탄화력발전소를 통한 초미세먼지 발생량은 2014년 3만 4,814톤에서 2018년 2만 2,869톤으로 낮아졌지만, 국가가 노후 석탄화력발전소를 폐쇄하는 한편 신규 석탄화력발전소 7기 건설을 시행하고 있습니다.

사업장 관리

2020년 4월부터는 수도권, 중부권, 남부권, 동남권 등 대기오염 물질 배출원 밀집 지역을 '대기관리권역'으로 지정해 권역별 대책을 추진할 계획입니다. 대기관리권역 내 일정 기준 이상 배출 사업장에 질산화물, 황산화물 등 대기오염 물질의 배출 허용 총량을 할당하는 '총량관리제'를 확대하고 강화하며, 총량제 대상 사업장에 대한 인센티브 방안을 마련합니다.

23종 대기오염 물질에 대한 배출 허용 기준을 평균 30퍼센트 이상 강화하고, 대규모 사업장은 국가가 직접 누락되는 공정이나 오염물질이 없도록 관리할 수 있는 '통합 환경허가제도'를 시행해 조기 정착시킬 예정이며, 2024년까지 1,411개 대상 사업장 전체에 적용할 예정입니다.

노후 경유차 관리

2024년까지 노후 경유차를 80퍼센트 이상 퇴출을 목표로 조기 폐차를 지원합니다. 경유차 폐차 후 신규 경유차를 구매하는 것을 방지할 수 있도록 현행 조기 폐차 보조금 체계를 2020년 내 개선할 계획입니다.

고농도 미세먼지에 강력하게 대응하기 위해 비상 저감 조치 시 '배출가스 등급제' 기반의 운행 제한을 단계적으로 확대하고, 2022년까지 공공기관의 노후 경유차를 완전 퇴출할 예정입니다.

휘발유와 경유, LPG 등 수송용 에너지 상대가격을 조정하고, 경유차를 생산하는 제작사에 생산 책임을 강화하여 신규 경유차 수요를 억제하고, 전기차, 수소 자동차 등 저공해차 보급을 확대할 예정입니다. 또한 대중교통의 서비스 질을 올리고 편의성을 높여 이용률을 높일 계획입니다.

미세먼지 취약 계층 보호 계획

취약 계층 이용 시설이 집중된 지역을 '집중관리구역'으로 지정하고, 공기정화장치를 우선적으로 지원할 계획입니다. 전국 유치원·초등학교·특수학교 교실 중 80퍼센트에 교실 내 공기정화장치를 설치할 예정이고, 실내 체육 시설에도 설치를 지원할 예정입니다.

어린이 통학용 경유차 중 노후된 차량을 LPG차로 전환하는 것을 지원하고, 미세먼지 고농도 시 어린이집·학교의 질병 결석을 인정하고 휴업 또는 수업 단축을 할 수 있도록 합니다.

부록

미세먼지에 맞서는 방법

1. 미세먼지는 왜 위험할까

2. 미세먼지는 얼마나 위험할까

　　—호흡기계 질환

　　—심뇌혈관계 질환

　　—신경정신계 질환

3. 개인이 미세먼지에 맞서는 몇 가지 방법

4. 오늘 운동해도 괜찮을까?

이낙준
이비인후과 전문의

40만 구독자를 보유한 유튜브 채널 '닥터프렌즈'를 진행하고 있다. 이비인후과 전문의로서 미세먼지가 건강에 끼치는 위험성, 발생 가능한 질환 등에 대해 말해주며 우리가 현재 사용하고 있는 미세먼지 관련 제품들의 올바른 사용법과 개인이 실천할 수 있는 미세먼지 대응 방안을 꼼꼼하게 알려준다.

1. 미세먼지는 왜 위험할까

이미 우리는 너무 자주 고농도 미세먼지에 노출되고 있습니다. 초미세먼지가 농도 $75\mu g/m^3$ 이상 두 시간 지속될 때 발령하는 '초미세먼지 주의보'는 서울 기준 2017년 5회, 2018년 8회, 2019년 14회로 점점 증가하고 있습니다. 초미세먼지가 농도 $150\mu g/m^3$ 이상 두 시간 지속될 때 발령하는 '초미세먼지 경보'는 2019년 전에는 한 번도 발령한 적이 없었지만, 2019년에는 2회나 발령했습니다.

우리의 공기는 점점 나빠지고 있습니다. 특히 몸에 좋지 않은 초미세먼지의 농도가 가파르게 상승하고 있어 당분간은 그 부작용이 줄지 않을 것이라 전망하고 있습니다.

모두가 함께 마시는 공기를 빠른 시일 내에 깨끗하게 만들 수 있다면 좋겠지만, 그 일에는 너무 많은 시간과 노력이 필요합니다. 그렇기 때문에 깨끗한 공기를 되찾기 위해 노력하는 동안에도, 오늘 나의 건강한 하루를 지키기 위한 노력은 필요합니다. 그렇다면 노력에 필요한 첫 번째 질문부터 해보겠습니다. 미세먼지는 왜 위험할까요?

미세먼지는 2013년 10월 국제보건기구(WHO) 산하 국제암연구소(IARC)에 의해 1군 발암물질로 지정되었습니다. 하지만 미세먼지가 실제 신체에 미치는 영향은 미세먼지 입자의 화학적 구성 성분에 따라 달라집니다.

크기가 작을수록 폐포(폐의 세포)를 직접 통과해서 혈액을 통해 전신을 순환할 수 있기 때문에, 미세먼지는 특히 호흡기 및 심혈관계 질환과 관련이 깊으며 사망률을 증가시키는 것으로 보고되고 있습니다.

특히 질산염, 황산염, 유해 금속 성분처럼 연소로 발생하는 성분들의 2차 화학반응으로 생성된 초미세먼지의 경우 크기가 매우 작아 폐 깊숙한 곳까지 도달해 영향을 미칠 수 있습니다. 초미세먼지 중에서도 극히 미세한 크기의 입자는 폐포를 직접 통과해 혈액을 타고 전신을 돌아다닐 테니까요.

2017년 3월 발표된 OECD 환경성과평가 보고서에 따르면 한국의 대기오염으로 인한 조기 사망률은 2005년~2013년 사이 29퍼센트 증가했고, 2060년에는 세 배까지 증가하여 OECD 국가 중 최대치일 것으로 전망하고 있습니다.

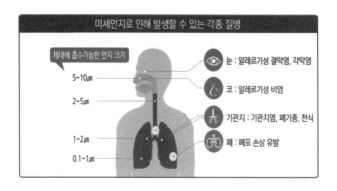

체내에 흡수가능한 먼지 크기

5~10㎛

2~5㎛

1~2㎛

0.1~1㎛

눈 : 알레르기성 결막염, 각막염

코 : 알레르기성 비염

기관지 : 기관지염, 폐기종, 천식

폐 : 폐포 손상 유발

의학적으로 미세먼지 노출에 따른 건강의 영향은 크게 단기 영향과 장기 영향으로 구분할 수 있습니다. 단기 영향은 미세먼지에 노출된 지 수일 내에 발생하는 것으로, 시간의 흐름에 따라 일정한 간격마다 기록하는 통계 데이터 '시계열분석'을 주로 사용합니다. 장기 영향은 수년간 누적된 노출에 의한 것으로, 특정한 기간과 특정 요인에 노출된 사람들을 오랜 기간 동안 추적 연구하는 '코호트 연구' 방식을 주로 사용합니다.

미세먼지에 의한 단기 영향은 주로 기도 자극으로 인한 기침과 호흡 곤란으로 나타납니다. 또한 천식이 악화되고 부정맥이 발생할 수 있습니다. 미세먼지에 의한 증상들은 주로 노출 기관에서의 염증을 유발하며 시작됩니다. 기도와 폐에서 일어나야 할 면역 작용을 방해함으로써 호흡기계 감염을 초래하는 것입니다.

장기 영향은 폐 기능의 감소와 만성 기관지염 증가로 사망률에 좀 더 큰 영향을 미칩니다. 특히 심장, 폐 관련 질환자이거나 아이와 노인, 임산부는 미세먼지 노출에 의한 영향을 더 크게 받습니다. 심지어 건강한 성인이어도 높은 농도에 노출되면 일시적으로 이런 증상들을 경험할 수 있습니다. 1993년 '하버드 6개 도시 연구'는 장기 영향과 사망률의 관계에 관한 대표적인 사례로, 이 자료에서는 연평균 초미세먼지(PM2.5) 농도가 $10\mu g/m^3$ 높아질 때마다 사고를 제외한 전체 원인에 의한 사망이 13.9퍼센트 증가하며, 이 중 심장호흡기계 질환에 의한 사망은 19.8퍼센트 증가한다고 보고했습니다. 이후 2017년에 발표된 미국 메디케어 자료를 사용한 연구는, 연평균 초미세먼지가 $10\mu g/m^3$ 증가할 때마다 사망률이 7.3퍼센트 증가했다는 내용을 보고하고 있습니다.

2. 미세먼지는 얼마나 위험할까

앞서 밝힌 대로 WHO 산하 국제암연구소는 미세먼지를 석면, 벤젠이 속한 1군 발암물질로 분류했습니다. 또한 WHO는 역학 및 독성학 연구 결과를 종합하여 전체 원인 사망과 심장호흡기계 및 폐암 사망이 증가하지 않는 최소 수준의 대기질 기준(Air Quality Guidelines, AQG)을 정해 각 나라에 권고하고 있는데, 그 수치는 미세먼지(PM10) 농도 연간 평균 $20\mu g/m^3$ 이하, 24시간 평균 $50\mu g/m^3$ 이하이며, 초미세먼지 농도 연간 평균 $10\mu g/m^3$, 24시간 평균은 $25\mu g/m^3$ 이하입니다. 2018년 기준 우리나라 환경부가 발표한 국내 연평균 미세먼지 농도는 $40\mu g/m^3$, 초미세먼지 농도는 $23\mu g/m^3$으로 이미 AQG 기준을 훨씬 상회하고 있음을 확인할 수 있습니다.

물론 미세먼지가 흡연에 비해 암 발생의 위험을 현저히 높이는 요인은 아닙니다. 흡연이 폐암의 발생 위험을 20배까지 높인다고 한다면, 미세먼지는 1.1~1.2배 정도 높인다고 보고되고 있습니다. 그러나 이 수치가 미미해 보이더라도, 미세먼지는 담배와 달리 노출되는 사람의

수가 많고 그 노출 빈도와 강도 또한 개인이 선택할 수 없는, 그 피해 대상이 국민 전체이기 때문에 국가 전체의 보건의학 측면에서는 오히려 담배보다 주요하게 다뤄져야 합니다.

호흡기계 질환

미세먼지에 의해 가장 직접적인 영향을 받는 신체 기관은 비강, 기도, 폐 같은 호흡기계입니다. 미세먼지는 폐암과 같은 중한 질환 외에도, 광범위한 사람들에게 알레르기성 질환과 인후, 편도, 기도 등 주로 호흡기에 염증 반응을 일으키는 급성 상기도 감염 등의 질환을 일으킵니다. 이러한 질환은 주로 염증을 동반하는데, 염증이란 미세먼지 같은 외부 요인에 신체의 면역 체계가 대응하며 분비한 물질로 발생하는 면역반응의 일종입니다. 이러한 면역반응은 염증 반응 및 산화 손상을 증가시켜 호흡기계뿐 아니라 전신에 영향을 미치는 것으로 알려져 있습니다.

이 중 알레르기나 상기도 감염은 아직 충분히 연구가

이루어지지 않았지만, 한국 정부가 '미세먼지 취약 계층'으로 분류하고 있는 어린이와 노인을 대상으로 한 많은 연구를 통해, 미세먼지가 건강 취약 계층에게는 감기를 포함한 상기도 감염을 빈번하게 일으킨다는 사실을 분명히 확인하고 있습니다. 저의 개인적인 경험으로도 미세먼지 농도가 $100\mu g/m^3$로 유지되는 기간이 길어질수록 감기 이환율이 높아짐과 동시에 투병 기간 또한 길어지는 것을 체감하고 있습니다.

또한 미세먼지는 만성폐쇄성 폐질환, 천식 같은 영구적 폐 기능의 저하까지도 초래할 수 있습니다.

천식과 미세먼지의 상관관계에 대한 연구는 보다 활발히 진행되었습니다. 2017년 41개의 이전 연구를 분석한 메타 분석 논문에 따르면, 초미세먼지 농도가 $1\mu g/m^3$ 증가할 때마다 어린이의 천식 발생의 위험이 1.03배 증가하고, 미세먼지 농도가 $2\mu g/m^3$ 증가할 때마다 1.05배 증가하는 것으로 나타났습니다.* 또 다른 메타 분석 논문

* Khreis H.·Kelly C.·Tate J.·Parslow R.·Lucas K.·Nieuwenhuijsen M.,
"Exposure to traffic-related air pollution and risk of development of child-hood asthma: a systematic review and metaanalysis", *Environ Int*, 2017.

에서는 초미세먼지 농도가 단기적으로 $10\mu g/m^3$ 증가할 때 호흡기 질환으로 인한 사망이 1.1퍼센트 증가한다고 보고하고 있습니다.*

2017년 발표된 우리나라의 한 연구에서는 10년간 평균 미세먼지 농도가 $10\mu g/m^3$ 증가할 때 폐암의 위험이 1.15배 높아진다고 보고했습니다. **

앞서 밝혔듯, 미세먼지에 장기 노출 되었을 때 폐암 발생의 위험은 10~20퍼센트 증가하는 것으로 알려져 있으며, 이는 흡연과 같은 다른 위험 요인보다 관련성의 정도가 적은 편이지만, 분명히 호흡기계 건강에 영향을 미치고 있음을 확인할 수 있는 연구들입니다.

* Achilleos S.·Kioumourtzoglou MA.·Wu CD·Schwartz JD.·Koutrakis P.·Papatheodorou SI., "Acute effects of fine particulate matter constituents on mortality: a systematic review and meta-regression analysis", *Environ Int*, 2017.

** Lamichhane DK.·Kim HC.·Choi CM.·Shin MH.·Shim YM.·Leem JH.·Ryu JS.·Nam HS.·Park SM., "Lung cancer risk and residential exposure to air pollution: a Korean populationbased case-control study", *Yonsei Med J*, 2017.

심뇌혈관계 질환

초미세먼지가 혈관에 침투할 수 있다는 사실은 이미 널리 알려져 있습니다. 이러한 사실을 염두에 두면, 미세먼지가 호흡기에서 염증 반응을 일으키듯, 혈관을 타고 신체 내 또 다른 기관에도 그와 유사한 악영향을 미칠 수 있다는 사실을 유추해볼 수 있습니다. 초미세먼지는 혈관에서 염증을 일으켜 혈류 속도를 떨어뜨리고 혈구들을 뭉치게 하며, 혈관을 막아 심혈관계 질병을 유발할 수 있습니다. 그렇기 때문에 뇌졸중, 고혈압 등 심뇌혈관계 질환에도 유의미한 영향을 미친다고 볼 수 있습니다.

2007년 미국의 36개 대도시에서 1994년부터 1998년 사이 심혈관계 질환 증상이 없는 6만 5,893명 여성을 대상으로 진행한 코호트 연구에 따르면, 초미세먼지 농도가 $10\mu g/m^3$ 증가할 때 심혈관계 질환의 발생 위험이 1.24배 증가하며, 뇌혈관계 질환의 발생 위험은 1.35배 증가했습니다.* 2013년 한국 환경 정책 평가 자료는 대기 중 초

---

*   Miller KA. · Siscovick DS. · Sheppard L. · Shepherd K. · Sullivan JH. · Anderson GL. · Kaufman JD., "Long-term exposure to air pollution and incidence of cardiovascular events in women", *NEngl J Med*, 2007.

미세먼지가 $10\mu g/m^3$ 증가할 때 65세 이상 연령 집단에서의 심혈관계 질환 사망 위험이 1.7배 증가한다고 발표했습니다.

신경정신계 질환

폭염과 같은 날씨가 신경정신계 질환에도 악영향을 미친다는 사실은 여러 연구에 의해서 증명되었습니다. 이를 토대로 미세먼지를 대입해 생각해보면 대기오염 또한 신경정신계 질환에 악영향을 미칠 것이란 사실을 연관 지을 수 있습니다.

실제로 최근에는 미세먼지 농도에 따른 신경정신계 질환 발생 정도에 대한 연구도 활발하게 진행 중입니다.

2019년 캠브리지대학교에서 발표한 연구 결과에 따르면, 초미세먼지가 $10\mu g/m^3$가 증가할 때마다 우울증은 19퍼센트 증가한 것으로 확인됩니다.* 또한 2010년에 캐나

* Gu X.· Liu Q.· Deng F.· Wang X.· Lin H.· Guo X.· Wu S., "Association between particulate matter air pollution and risk of depression and suicide: systematic review and meta-analysis", *Cambridge University Press*, 2019.

다에서 이미 발표된 연구 결과에 따르면, 공기 중 미세먼지 농도가 높아진 기간에는 자살 시도도 늘어난 사실이 확인됩니다.*

우리나라의 연구 또한 마찬가지입니다. 2012년 국내에서 발표된 논문을 보면 미세먼지의 단기적인 노출이 24 $\mu g / m^3$ 증가할 때, 노인들의 우울 증상이 17퍼센트 증가하는 것으로 나타났습니다.**

2016년 서울대학교 의과대학 예방의학과에서 발표한 논문에 따르면, 초미세먼지의 연평균 농도가 10$\mu g / m^3$ 증가할 때마다 우울증 발생 위험이 1.47배 증가하는 것으로 보여, 장기적인 노출에서도 단기적인 영향과 마찬가지로 유의미한 영향을 미친다는 것을 알 수 있습니다. 이러한 우울증은 당뇨병, 심혈관계 질환, 만성폐쇄성 폐질환과 같은 기저 질환을 가진 사람들에게서 더 크게 나타

---

* Szyszkowicz M.· Willey J.B.· Grafstein E.· Rowe B.H.· and Colman I., "Air pollution and emergency department visits for suicide attempts in Vancouver, Canada", *Environ Health Insights*, 2010.

** Lim YH· Kim H· Kim JH· Bae S· Park HY. Hong YC., "Air pollution and symptoms of depression in elderly adults", *Environ Health Perspect*, 2012.

났습니다.* 또한 한국 국민건강보험공단의 표본 코호트에 등록된 성인 26만 5,749명을 대상으로 미세먼지와 자살의 연관성을 추적 조사한 결과 장기간 대기오염에 노출된 사람들의 자살 위험이 통계적으로 유의하게 높은 것으로 발표되었습니다.**

* Kim KN · Lim YH · Bae HJ · Kim M · Jung K · Hong YC., "Long-term fine particulate matter exposure and major depressive disorder in a community-based urban cohort", *Environ Health Perspect*, 2016.

** Min JY. · Kim HJ. · Min KB., "Long-term exposure to air pollution and the risk of suicide death: A population-based cohort study", *Science of the Total Environment*, 2018.

3. 개인이 미세먼지에 맞서는 몇 가지 방법

앞서 밝힌 것처럼 우리가 숨 쉬는 공기의 오염은 선택할 수도 피할 수도 없습니다. 아마도 깨끗한 공기를 체감할 정도로 대기오염이 개선되려면, 많은 사람이 오랫동안 노력을 기울여야 할 것입니다. 그러므로 미세먼지가 사라지는 날이 올 때까지 우리가 하루하루를 건강하게 살아갈 수 있도록, 개인이 실천할 수 있는 방법 몇 가지를 짚어보겠습니다.

마스크

미세먼지를 떠올릴 때 가장 먼저 떠오르는 것은 아마도 마스크가 아닐까요. 이미 마스크에 대해서는 '별 소용이 없다'는 의견부터 '꼭 써야 한다'는 의견까지 갑론을박이 쏟아지고 있습니다. 그리고 그 상반된 의견 모두 전문가들의 견해이다 보니 일반인들의 혼란은 더욱 커질 수밖에 없습니다. 저마다 모두 합당한 논리를 가지고 있기 때문입니다. 저는 호흡기 관련 전문의로서 나름의 정리를 해보려고 합니다.

우선 KF 인증을 받은 'KF80' 이상의 마스크를 '제대로' 쓴다면 마스크를 안 쓰는 것보다는 낫다는, 그 효용이 분명히 있다는 의견입니다.

우리가 숨을 들이쉴 때마다, 신체 쪽으로 공기를 빨아당기는 음압이 발생하기 때문에 코와 입에 가깝게 위치한 마스크 면이 강제적으로 좀 더 밀착되게 되어 있습니다. 마스크가 얼굴에 완전 고정이 되지 않았다 하더라도, 우리가 들이쉬는 공기의 대부분은 마스크를 통해 들어오게 된다는 뜻입니다. 모든 먼지를 막을 수 있는 것도 아니고, 또 그렇게 설계되지도 않았지만 KF 인증을 받은 마스크를 제대로 착용하면 실제 호흡으로 마시는 공기 중 미세먼지의 농도를 떨어뜨리는 효과를 체감할 수는 있습니다.

다만, 마스크의 효과를 느낄 수 있는 데에는 여덟 시간이라는 시간제한이 있습니다. 연속적이든 비연속적이든 미세먼지 마스크가 최대 효과를 낼 수 있는 시간입니다. 그렇기 때문에 대부분의 사람들이 사용하는 미세먼지 마스크는 재사용이 가능합니다. 즉 출퇴근할 때만 잠깐 마스크를 쓰는 사람이라면, 일주일 내내 하나의 마스크를 사용해도 충분하다는 뜻입니다. 단, 여러 개의 면이 덧대어져 있는 마스크의 구조상 접거나 구겨지지 않은 상태로 보관을 잘 해야 합니다. 마스크 생산으로 인한 환경오염 문제가 있지만 당장 시급한 미세먼지 경보 앞에 서라면 '재사용'이 최선의 방어라는 생각입니다.

한편 어린이, 노약자, 심폐 기관 질환자 등 건강한 성인보다 심폐기관이 현저히 약한 사람들의 경우는 공기 여과율이 높은 KF 인증 마스크로 호흡하는 행위 자체가 호흡기계에 부담으로 작용할 수 있으므로 의사와 상담을 거친 후 사용해야 합니다.

환기

우리가 오랜 시간을 보내는 주거 공간에서의 공기질은 특히 중요합니다. 가정 내 미세먼지 농도는 요리와 실내 활동만으로도 충분히 높아질 수 있습니다.

가정 내 미세먼지 관리에서 가장 기본은 바로 환기입니다. 환기를 통해 쌓여 있는 미세먼지는 물론 실내 이산화탄소 농도를 효과적으로 줄일 수 있기 때문입니다. '국가기후환경회의'에서 발표한 '국민 행동 권고'에 따르면 미세먼지가 나쁜 날에도 하루 10분씩 3번, 조리 후에는 30분 이상 환기를 필수적으로 하라고 권하고 있습니다.

2019년 초, 실외 미세먼지 수치가 200μg/㎥를 훌쩍 넘는 환경을 직접 경험해본 우리는 '국가기후환경회의 국민 행동 권고'의 환기 방법을 선뜻 받아들여 실천하기 어려운 면이 있습니다. 환기가 필요하다는 것을 알아도 실내 미세먼지 성분이 나쁠지, 실외 미세먼지 성분이 더 나쁠지 개개인이 확인할 수 없고 판단하기 어렵기 때문입니다.

다소 쓸쓸하지만, 어쩌면 휴대용 미세먼지 측정기로 개인 공간의 미세먼지 수치를 확인하거나 공기청정기를 구매해 관리하는 개인적 방법이 가장 빠른 미세먼지 대응책일지도 모르겠습니다.

공기청정기

공기청정기의 효율은 아주 높은 편으로 알려져 있습니다. 시판되는 대부분의 공기청정기가 적정 평형에 설치될 경우 10분 이내 대부분의 미세먼지를 걸러낼 수 있다는 실험 결과가 있습니다. 2019년 한국기계연구원에서 발표한 연구에 의하면, 실제 아이들이 생활하는 1개 교실에 공기청정기 1대만 사용해도 외부 공기 대비 15.9퍼센트까지 미세먼지 농도를 효과적으로 낮출 수 있었습니다. 이는 WHO의 연평균 기준치 수준에 도달할 수 있는 성능이기도 합니다.*

또한 우리는 이미 도보 이동뿐 아니라 자동차 이용률이 매우 높은 나라에 속합니다. 차 안에 머무는 시간이 많다면, 차량 내 미세먼지는 어떻게 해결할 수 있을까요. 게다가 차는 실내처럼 밀폐되어 있으면서도 아주 좁은데다가, 바깥 미세먼지로의 노출 빈도가 높은 이동 수단이기 때문에, 실내 공기질 면에서도 미세먼지와의 접촉면에 있어서도 최악의 이동 수단이기도 합니다. 그렇기

---

* '다시 오는 미세먼지 철… "교실 틈새 바람을 막아라"',《한겨레》, 2019. 10. 14.

때문에 이미 수많은 기업과 대학에서 연구가 진행된 바 있습니다.

많은 기업의 차량용 공기청정기 연구와 개발이 있었지만, 결과적으로 말하자면 차량용 공기청정기는 이용할 수 있는 전압에 한계가 있어 가정용에 비해 더 작은 필터와 더 약한 풍압을 이용할 수밖에 없고, 그 때문에 에어컨을 가동했을 때와 성능이 비슷하거나 그보다 낮은 것으로 나타났습니다. 즉, 현재 기술로는 에어컨을 이용하는 것만으로도 충분합니다. 혼자 있을 때는 내기 순환과 외기 순환을 반복해 사용하고, 둘 이상의 성인이 타고 있을 경우에는 외기 순환을 유지한 채 에어컨을 켜는 것이 좋습니다. 에어컨 필터 또한 비싼 필터보다는 저렴한 것으로 자주 갈아주는 것이 훨씬 더 효과적입니다. 하지만 겨울에는 에어컨을 작동할 수 없기 때문에 그 방법 또한 한계를 가지고 있습니다.

생활 습관 개선

대부분의 질환이 습관에 의해 예방될 수 있는 것처럼, 절대적이지는 않지만 미세먼지에 의한 건강 위험 또한 습관에 의해 어느 정도 예방할 수 있습니다.

먼저 미세먼지의 농도가 높은 날이라면 집에 돌아오자마자 옷을 즉시 갈아입어야 합니다. 야외에서 입고 있던 옷에는 미세먼지가 가득 붙어 있기 때문입니다. 그렇기에 벗은 옷도 그냥 아무 데나 두지 않고 빨래통에 넣어 보관하는 것이 좋습니다. 그래야 옷이 흔들리거나 움직일 때마다 야외에 있던 미세먼지가 집 안에 퍼지는 것을 예방할 수 있습니다. 또한 귀가 즉시 세안과 샤워를 해야 합니다. 모공 또는 땀샘 등 피부를 통한 미세먼지의 침투를 막아줄 뿐 아니라, 나의 손이 닿는 모든 생활공간으로의 미세먼지 전파를 차단할 수 있는 가장 현실적이고 효과적인 방법입니다. 특히 머리카락은 미세먼지 저장소와 같은 역할을 할 수 있기 때문에 반드시 저녁에 머리를 감아주는 것이 실외 미세먼지 질환을 예방하는 데 도움이 됩니다.

위에서 열거한 습관들이 대개 실외 미세먼지를 실내로 옮겨오는 것을 줄여주는 습관이라면, 미세먼지로 인한 호흡기 감염 또는 목통증, 알레르기 증상들을 줄여줄 수 있는 습관도 있습니다.

하나는 가글입니다. 상기도 중 구강, 인후두를 청소해주는 방법입니다. 외출 후 돌아와 가글만 해줘도 미세먼지로 인한 감기 이환율을 현저히 줄여줄 수 있습니다. 여기서 쓰이는 가글액은 시중에 판매하는 것도 물론 괜찮겠지만, 0.9퍼센트 소금물로도 효과를 볼 수 있습니다. 코 세척과는 달리 가글은 농도가 다소 정확하지 않더라도 크게 통증을 유발하지는 않기 때문에 보다 손쉽게 접근이 가능합니다.

또 하나는 코 세척입니다. 상기도의 핵심이 되는 비강, 비인두 등을 청소해주는 방법입니다. 외출 후 돌아와 코 세척을 해주면 미세먼지로 인한 감기 이환율은 물론이고 알레르기 반응 또한 줄여줄 수 있습니다. 다만 구강보다 훨씬 예민한 비강 점막을 세척해야 하는 코 세척의 경우, 약국에서 구매 가능한 생리식염수 또는 1회용 식염을 정해진 양의 물에 타서 사용하는 것이 안전합니다. 코 세척 방법은 최근 유튜브 등에서도 자세히 다루고 있어, 영상을 보고 따라 하면 쉽게 배울 수 있습니다. 코 세척 시행 후 15분 이내에는 절대 코를 풀지 않아야 합니다. 바로 코를 풀면 비강 내에 있던 물이 이관을 통해 귀로 들어가면서 중이염을 일으킬 수 있기 때문입니다.

4. 오늘 운동해도 괜찮을까?

'국가기후회의 국민 행동 권고'에 따르면, 미세먼지 75 $\mu g/m^3$ 이상의 경우 격렬한 운동을 삼가고, 건강한 성인의 경우 미세먼지 75$\mu g/m^3$ 이하, 노약자와 임산부의 경우 36 $\mu g/m^3$ 이하에서 가벼운 운동은 괜찮다고 소개하고 있습니다.

이처럼 미세먼지 농도에 따라 격렬한 운동과 가벼운 운동을 나눠 권장하는 이유는 운동 중에는 평상시보다 호흡량이 증가하기 때문입니다. 운동을 하면서 공기 중의 미세먼지를 다량 흡입하게 되어 오히려 건강과 안전을 위협할 수 있습니다.

이에 2019년 8월, 문화체육관광부는 미세먼지를 재난으로 규정하고 「미세먼지, 폭염 대응 매뉴얼」을 제작해 배포했습니다.

문화체육관광부는 미세먼지 재난 대응에 있어, 미세먼지 재난 상황에 시간적으로 얼마나 노출되었는가에 대한 지표인 '외부 환경 지수'와 활동을 통해 증가되는 호흡량으로 미세먼지 흡수량을 예측하는 METs지수를 활용한 '내부 환경 지수'를 고려해 '재난 취약 등급'을 설정했습니다.

METs(Metabolic Equivalent of Task)는 운동 강도를 나타내는 표시법의 하나로, 운동의 산소 소비량을 배수로 나타낸 값입니다. 일반적으로 안정된 상태는 1~2METs, 중강도 운동의 경우 3~6METs, 고강도 운동의 경우 6METs 초과로 표시하고 있습니다. 즉 고강도 운동의 경우 일반적인 안정된 상태보다 3~6배 이상 산소를 많이 들이마시는 상태라고 볼 수 있습니다. 그래서 문체부는 이 METs지수를 내부 환경 지수로 삼고 있습니다.

외부환경지수 분류 기준		내부환경지수 분류 기준	
지수	활동 시간(h)	지수	METs
1	1시간 이하	1	1Mets 이하
2	1시간 초과 3시간 이하	2	1Mets 초과 3Mets 이하
3	3시간 초과 6시간 이하	3	3Mets 초과 6Mets 이하
4	6시간 초과 9시간 이하	4	6Mets 초과 9Mets 이하
5	9시간 초과	5	9Mets 초과

지수별 산정 분류 기준

미세먼지(외부 환경 지수)와 운동 강도(내부 환경 지수)를 고려한 '취약 등급 분류'는 이 두 지수를 대입해 간단히 더하면 됩니다.

취약 등급 분류(지수)=외부 환경 지수 + 내부 환경 지수

외부 환경 지수와 내부 환경 지수의 합이 4점 이하일 경우 3등급인 '저위험군', 5~6점일 경우 2등급인 '중위험군', 7점 이상일 경우 1등급인 '고위험군'으로 분류됩니다.

우리가 흔히 여가 시간에 하는 운동들의 METs 지수를 요약해 담아보았습니다. 물론 운동을 하는 개인의 활동량에 따라 달라지겠지만, 오늘도 운동을 하고 싶은데 미세먼지 농도 때문에 망설여진다면, 내가 할 운동의 METs 지수와 활동할 시간을 대입해 참고 삼아 활용해보시기 바랍니다. 더욱 자세한 사항은 문화체육관광부에서 발행한 「미세먼지, 폭염 대응 매뉴얼」로 직접 확인할 수 있습니다.

스포츠 활동별 METs 지수

활동	METs	세부 활동
자전거 타기	4.0	10mph, 여가
	5.8	적당한 속도
	6.8	출퇴근, 10-11.9mph, 낮은 강도의 여가
	7.5	일반
자전거 타기 (헬스용)	7.0	일반
	3.5	30-50watts, 매우 낮은 강도
	4.8	51-89watts, 낮은-보통 강도
	6.8	90-100watts, 보통 강도
	8.5	RPM/스피닝
필라테스	3.0	필라테스, 일반
요가	2.5	hatha
	2.0	Nadisodhana
	3.3	SuryaNamaskar
	4.0	Power
조깅	4.5	소리 내어 쿵쿵 뛰기
	6.0	걷기 복합(조깅 10분 이하)
	7.0	일반
	8.0	제자리

활동	METs	세부 활동
달리기	6.0	4mph(13min/mile)
	8.3	5mph(12min/mile)
농구	6.0	시합 외, 전반
	6.5	전반
	8.0	시합
신체 활동 놀이	5.8	아이들 신체 활동 놀이를 어른이 할 때 (예: 4스퀘어, 피구, 공원 놀이기구 등)
골프	4.8	전반
	4.3	보행, 클럽 옮기지 않음
	3.0	소규모 골프, 골프 연습장
	5.3	보행, 클럽을 손으로 끎
	3.5	카트 사용
줄넘기	8.8	천천히, 분당 100스텝 미만
	11.8	적당한 페이스, 분당 100~120스텝
스키	7.0	내리막, 알펜, 스노보드, 활강 시
	5.3	내리막, 알펜, 스노보드, 적당한 정도
	8.0	내리막, 혹독한 정도, 레이스
동계 활동	7.0	썰매 타기

S 004
미세먼지 클리어

1판 1쇄 인쇄 2019년 11월 20일
1판 1쇄 발행 2019년 11월 27일

지은이 강양구·김상철·배보람·이낙준·이유진
펴낸이 김영곤
펴낸곳 아르테

문학사업본부 본부장 손미선
문학콘텐츠팀 이정미 허문선 김지현ㅣ김필균
문학마케팅팀 배한진 정유진
문학영업팀 김한성 이광호
제작팀장 이영민

출판등록 2000년 5월 6일 제406-2003-061호
주소 (우 10881) 경기도 파주시 회동길 201(문발동)
대표전화 031-955-2100 팩스 031-955-2151

ISBN 978-89-509-8470-0 (04810)
      978-89-509-7924-9 세트